O Diário de um Mago

"Ó Maria, concebida sem pecado, rogai por nós, que recorremos a Vós." Amém.

PAULO COELHO

O DIÁRIO de um MAGO

10ª reimpressão

paralela

Copyright © 1987 by Paulo Coelho
http://paulocoelhoblog.com

Publicado mediante acordo com Sant Jordi Asociados Agencia Literaria SLU, Barcelona, Espanha.

Todos os direitos reservados.

A Editora Paralela é uma divisão da Editora Schwarcz S.A.

Grafia atualizada segundo o Acordo Ortográfico da Língua Portuguesa de 1990, que entrou em vigor no Brasil em 2009.

CAPA E MAPA Alceu Chiesorin Nunes
REVISÃO Nana Rodrigues e Marise Leal

Dados Internacionais de Catalogação na Publicação (CIP)
(Câmara Brasileira do Livro, SP, Brasil)

Coelho, Paulo
 O diário de um mago / Paulo Coelho. — 1ª ed. — São Paulo : Paralela, 2017.

 ISBN: 978-85-8439-070-0

 1. Ficção brasileira I. Título.

17-03840   CDD-869.3

Índice para catálogo sistemático:
1. Ficção : Literatura brasileira 869.3

Todos os direitos desta edição reservados à
EDITORA SCHWARCZ S.A.
Rua Bandeira Paulista, 702, cj. 32
04532-002 — São Paulo — SP
Telefone: (11) 3707-3500
www.editoraparalela.com.br
atendimentoaoleitor@editoraparalela.com.br
facebook.com/editoraparalela
instagram.com/editoraparalela
twitter.com/editoraparalela

Quando começamos a peregrinação, achei que havia realizado um dos maiores sonhos da minha juventude. Você era para mim o bruxo D. Juan e eu revivia a saga de Castañeda em busca do extraordinário.

Mas você resistiu bravamente a todas as minhas tentativas de transformá-lo em herói. Isso tornou muito difícil nosso relacionamento, até que entendi que o Extraordinário reside no Caminho das Pessoas Comuns. Hoje em dia, esta compreensão é o que possuo de mais precioso na vida, o que me permite fazer qualquer coisa; e irá me acompanhar para sempre.

Por esta compreensão — que agora procuro dividir com outros —, este livro é dedicado a você, Petrus.

O AUTOR

Então lhe disseram: "Senhor, eis aqui duas espadas".
E Ele respondeu: "Basta".

Lucas 22,38

Sumário

Antes de começar — trinta anos depois, 13
Prólogo, 19

A chegada, 25
Saint-Jean-Pied-de-Port, 32
O criador e a criatura, 49
A crueldade, 65
O mensageiro, 79
O amor, 95
O casamento, 112
O entusiasmo, 125
A morte, 139
Os vícios pessoais, 159
A conquista, 163
A loucura, 179
O mandar e o servir, 201
A tradição, 222
O Cebreiro, 243

Palavras finais — Santiago de Compostela, 269
O caminho revisitado, 271

O Caminho de Santiago

OCEANO ATLÂNTICO

Mar Cantábrico

La Coruña
Oviedo
Santiago de Compostela
Palas do Rei
Cebreiro
Vilafranca
Ponferrada
León
Astorga
Carrión
Castrojeriz
Bu

Valladolid

Porto

Salamanca

PORTUGAL

Mad

FRANÇA
Bordeaux
Baía de Biscaia
Bayonne
Bilbao
Saint-Jean-Pied-de-Port
P I R E N E U S
Pamplona
Roncesvalles
Puente de La Reina
Estella
Logroño
ntes Oca
Santo Domingo de La Calzada
ANDORRA
Zaragoza
Barcelona
ESPANHA
Mar Mediterrâneo
N
0 38
km

Antes de começar

TRINTA ANOS DEPOIS

Custa acreditar que já se passaram trinta anos desde que fiz minha primeira (e única) peregrinação a pé até Santiago de Compostela. Foi um momento decisivo, quando parei de adiar meus planos e resolvi dedicar-me à única coisa que sonhava fazer na vida: escrever.

Custa ainda mais acreditar que *O diário de um mago*, publicado pela primeira vez em 1987 por uma pequena editora carioca, continua sendo um dos meus livros mais vendidos e mais traduzidos no mundo inteiro. Portanto, eu gostaria de voltar um pouco no tempo e observar a mim mesmo.

Estamos em uma tarde de julho ou agosto de 1986. Um bar, um café, uma água mineral, pessoas conversando e caminhando. O cenário: as imensas planícies que se estendem logo depois de Castrojeriz. Meu aniversário se aproxima, já saí de Saint-Jean-Pied-de-Port faz tempo e estou pouco além da metade do caminho que conduz a Santiago de Compostela.

Velocidade de caminhada: vinte quilômetros por dia.

Tudo me parece irreal.

O que estou fazendo aqui? Esta pergunta continua me acompanhando, embora várias semanas tenham-se passado.

Estou procurando uma espada. Estou cumprindo um ritual de RAM, uma pequena ordem dentro da Igreja católica sem segredos ou mistérios além da tentativa de compreender a linguagem simbólica do mundo. Estou pensando que fui enganado, que a busca espiritual não passa de uma coisa sem sentido nem lógica e que seria melhor estar no Brasil, cuidando do que sempre cuidei.

Estou duvidando de minha sinceridade nesta busca, porque dá muito trabalho procurar um Deus que nunca se mostra, rezar nas horas certas, percorrer caminhos estranhos, ter disciplina, aceitar ordens que me parecem absurdas.

É isto: duvido da minha sinceridade.

Petrus, o meu guia, insiste que o caminho é de todos, das pessoas comuns, o que me deixa muito decepcionado. Eu pensava que este esforço fosse me dar um lugar de destaque entre os poucos eleitos que se aproximam dos grandes arquétipos do Universo. Achava que ia finalmente descobrir que são verdadeiras todas as histórias a respeito de governos secretos de sábios no Tibete, de poções mágicas capazes de despertar amor onde não existe atração, de rituais em que, de repente, as portas do Paraíso se abrem.

Mas não é nada disso: estamos no caminho das pessoas comuns.

É esse entusiasmo que nos conecta com o Espírito Santo, e não as centenas, milhares de leituras dos textos clássicos. É a vontade de acreditar que a vida é um milagre que permite que os milagres aconteçam, e não os chamados "rituais secretos" ou "ordens iniciáticas". Enfim, é a decisão do homem de cumprir o seu destino que o faz ser realmente um homem — e não as teorias que ele desenvolve em torno do mistério da existência.

E aqui estou eu. Um pouco além do meio do caminho que me leva a Santiago de Compostela. Se as coisas são tão simples como Petrus diz, por que esta aventura inútil?

Nesta tarde, neste bar, no longínquo ano de 1986, ainda não sei que em seis ou sete meses irei escrever um livro sobre esta minha experiência.

Não sei que por minha alma já caminha o pastor Santiago em busca de um tesouro, que uma mulher chamada Veronika prepara-se para ingerir algumas pílulas e cometer suicídio, que Pilar chegará diante do rio Piedra e escreverá, chorando, o seu diário. Não posso imaginar que vinte e cinco anos depois farei um livro contando outra peregrinação importante em minha vida, que me levou ao encontro de um misterioso ponto chamado Aleph.

Tudo o que sei é que estou fazendo este absurdo e monótono Caminho. Não existe fax, celular, os refúgios são poucos, meu guia parece irritado o tempo inteiro e não tenho ideia do que está acontecendo no Brasil.

Tudo o que sei neste momento é que estou tenso, nervoso, porque acabo de me dar conta de que não posso mais voltar a fazer o que vinha fazendo — mesmo que isso signifique abrir mão de uma quantia razoável no fim do mês, de certa estabilidade emocional, de um trabalho que já conheço e do qual domino algumas técnicas.

Preciso mudar, seguir em direção ao meu sonho, um sonho que me parece infantil, ridículo, impossível de ser realizado e que nunca tive coragem de assumir: tornar-me o escritor que secretamente sempre desejei ser.

Petrus termina de beber seu café, sua água mineral, pede que eu pague a conta e começa a caminhar antes mesmo que eu receba o troco. Ainda faltam alguns quilômetros até a próxima cidade.

As pessoas continuam passando e conversando, olhando com o rabo do olho os dois peregrinos de meia-idade, pensando em como há gente estranha neste mundo, sempre pronta a tentar reviver um passado que já está morto.* A temperatura deve estar em torno de 27ºC, pois é fim de tarde.

Eu queria mudar?

Acho que não, mas no final das contas este caminho está me transformando.

Eu queria conhecer os mistérios?

Acho que sim, mas o caminho está me ensinando que não existem mistérios, que, como dizia Jesus Cristo, não há nada oculto que não tenha sido revelado.

Enfim, tudo está acontecendo exatamente ao contrário do que eu esperava.

Estou imerso em meus pensamentos, em minha insegurança, e Petrus deve estar pensando no seu trabalho

---

* No ano em que fiz a peregrinação, apenas quatrocentas pessoas tinham percorrido o Caminho de Santiago. Em 2010, segundo estatísticas da Junta da Galícia, quatrocentas e cinquenta pessoas passavam — por dia — diante do bar mencionado no texto.

em Milão. Ele está aqui porque, de alguma maneira, foi obrigado pela Tradição, mas espera que esta caminhada termine logo, para que possa voltar a fazer o que gosta.

Andamos por quase todo o resto da tarde sem conversar. Estamos isolados em nossa convivência forçada. Santiago de Compostela está adiante, e não posso imaginar que este caminho me conduz não apenas a esta cidade, mas a muitas outras cidades do mundo.

Nem eu nem Petrus sabemos que nesta tarde eu estou também caminhando para Milão, sua cidade, onde chegarei quase dez anos depois, com um livro chamado *O Alquimista*.

Estou caminhando em direção a este futuro — nesta tarde de julho ou agosto de 1986.

Prólogo

— E que, diante da Face Sagrada de RAM, você toque com suas mãos a Palavra da Vida, e receba tanta força que se torne testemunha dela até os Confins da Terra!

O Mestre levantou minha nova espada, mantendo-a dentro da bainha. As chamas na fogueira crepitaram, um presságio favorável, indicando que o ritual devia seguir adiante. Então eu me abaixei e, com as mãos nuas, comecei a cavar a terra à minha frente.

Era a noite do dia 2 de janeiro de 1986, e nós estávamos no alto de uma das montanhas da serra da Mantiqueira, perto da formação conhecida como Agulhas Negras. Além de mim e de meu Mestre, estavam também minha mulher, um discípulo meu, um guia local e um representante da grande fraternidade que congregava as ordens esotéricas em todo o mundo, conhecida pelo nome de Tradição. Todos os cinco — inclusive o guia, que já tinha sido avisado previamente do que iria acontecer — estavam participando de minha ordenação como Mestre da Ordem de RAM.

Terminei de cavar um buraco raso, mas comprido. Com toda a solenidade toquei a terra, pronunciando as palavras rituais. Minha mulher então se aproximou e me entregou a espada que eu tinha utilizado por mais de dez anos e que tanto me auxiliara em centenas de Operações Mágicas durante aquele tempo. Eu depositei a espada no buraco que havia cavado. Depois joguei a terra por cima e aplainei de novo o terreno. Enquanto fazia isso me lembrava das provas por que havia passado, das coisas que tinha conhecido e dos fenômenos que era capaz de provocar simplesmente porque eu tinha comigo aquela espada tão antiga e tão minha amiga. Agora ela seria devorada pela terra, o ferro de sua lâmina e a madeira de seu cabo servindo novamente de alimento para o local de onde havia tirado tanto Poder.

O Mestre se aproximou e colocou minha nova espada diante de mim, em cima do local onde eu havia enterrado a antiga. Todos então abriram os braços e o Mestre, utilizando seu Poder, fez com que em volta de nós se formasse uma espécie de luz estranha, que não clareava, mas era visível e fazia com que o vulto das pessoas tivesse uma cor diferente do amarelo projetado pela fogueira. Então, desembainhando sua própria espada, tocou nos meus ombros e na minha testa, enquanto dizia:

— Pelo Poder e pelo Amor de RAM, eu te nomeio Mestre e Cavaleiro da Ordem, hoje e para o resto dos dias desta tua vida. R de Rigor, A de Amor, M de Misericórdia; R de *Regnum*, A de *Agnus*, M de *Mundi*. Quando você tocar sua espada, que ela jamais fique muito tempo na bainha, porque há de enferrujar. Mas, quando ela sair da bainha, que jamais volte sem antes haver feito um Bem, aberto um Caminho ou bebido o sangue de um Inimigo.

E com a ponta de sua espada feriu levemente minha testa. A partir daquele momento eu não precisava mais ficar em silêncio. Não precisava esconder aquilo de que era capaz nem ocultar os prodígios que havia aprendido a realizar no caminho da Tradição. A partir daquele momento eu era um Mago.

Estendi a mão para pegar minha nova espada, de aço que não se destrói e de madeira que a terra não consome, com seu punho preto e vermelho, e sua bainha preta. Porém, na hora em que minhas mãos tocaram na bainha e que eu me preparava para trazê-la até mim, o Mestre deu um passo à frente e, com toda a violência, pisou nos meus dedos, fazendo com que eu gritasse de dor e largasse a espada.

Olhei para ele sem entender nada. A luz estranha havia sumido e o rosto do Mestre tinha agora a aparência fantasmagórica que as chamas da fogueira desenhavam.

Ele me olhou friamente, chamou minha mulher e lhe entregou a nova espada. Depois virou-se para mim e disse:

— Afasta sua mão que o ilude! Porque o caminho da Tradição não é o caminho dos poucos escolhidos, mas o caminho de todos os homens! E o Poder que você pensa que tem não vale nada, porque não é um Poder que se divida com os outros homens! Você deveria ter recusado a espada, e se tivesse feito isso ela lhe seria entregue, porque seu coração estava puro. Mas, como eu temia, no momento sublime você escorregou e caiu. E, por causa de sua avidez, terá que caminhar novamente em busca de sua espada. E, por causa de sua soberba, terá que buscá-la entre os homens simples. E, por causa de seu fascínio pelos prodígios, terá que lutar muito para conseguir de novo aquilo que tão generosamente lhe ia sendo entregue.

Foi como se o mundo tivesse fugido dos meus pés. Eu continuei ajoelhado, atônito, sem querer pensar em nada. Uma vez que já havia devolvido minha antiga espada à terra, não poderia pegá-la de volta. E, uma vez que a nova não me havia sido entregue, eu estava de novo como alguém que tivesse começado naquele instante, sem poder e sem defesa. No dia de minha suprema Ordenação Celeste, a violência de meu Mestre, pisando meus dedos, me devolvia ao mundo do Ódio e da Terra.

O guia apagou a fogueira e minha mulher veio até mim e me ajudou a levantar. Ela trazia minha nova espada nas mãos, mas pelas regras da Tradição eu jamais poderia tocá-la sem permissão do meu Mestre. Descemos em silêncio pelo meio da mata, seguindo a lanterna do guia, até chegarmos à pequena estrada de terra onde os carros estavam estacionados.

Ninguém se despediu de mim. Minha mulher colocou a espada na mala do carro e deu a partida no motor. Ficamos um longo tempo em silêncio, enquanto ela dirigia devagar, contornando os buracos e as valas do caminho.

— Não se preocupe — disse ela, tentando me animar um pouco. — Tenho certeza de que você irá consegui-la de volta.

Perguntei-lhe o que o Mestre tinha dito.

— Ele me falou três coisas. Primeiro, que ele deveria ter levado um agasalho, porque ali em cima fazia muito mais frio do que estava pensando. Segundo, que nada daquilo tinha sido uma surpresa para ele, e que já havia acontecido muitas outras vezes, com muitas outras pessoas que tinham chegado até onde você chegou. E, terceiro, que sua espada estaria esperando por você numa hora certa, numa data certa, em algum ponto de um caminho que você terá que percorrer. Eu não sei nem a data nem a hora. Ele me falou apenas do local onde devo escondê-la para que você a encontre.

— E qual é esse caminho? — perguntei, nervoso.

— Ah, isto ele não explicou muito bem. Disse apenas que você procurasse no mapa da Espanha uma rota antiga, medieval, conhecida como o Estranho Caminho de Santiago.

A chegada

O fiscal da aduana olhou longamente a espada que minha mulher trazia, perguntando o que pretendíamos fazer com aquilo. Eu disse que um amigo nosso ia avaliá-la para colocarmos em leilão. A mentira deu resultado; o homem nos deu uma declaração de que havíamos entrado com a espada pelo aeroporto de Barajas e avisou que, se houvesse problemas em retirá-la do país, bastava mostrar aquele papel na alfândega.

Fomos até o balcão da locadora e confirmamos a reserva de dois automóveis. Pegamos os tíquetes e fomos comer alguma coisa no restaurante do aeroporto, antes de nos despedirmos.

Eu tinha passado uma noite insone no avião — mistura de medo de voar com medo do que iria acontecer dali para a frente —, mas mesmo assim estava excitado e desperto.

— Não se preocupe — disse ela pela milésima vez. — Você deve ir até a França e, em Saint-Jean-Pied-de-Port, procurar por Mme. Lourdes. Ela vai colocá-lo em contato com alguém que irá guiá-lo pelo Caminho de Santiago.

— E você? — perguntei também pela milésima vez, já sabendo a resposta.

— Vou até onde tenho que ir, deixar o que me foi confiado. Depois fico em Madri alguns dias e volto para o Brasil. Sou capaz de dirigir nossas coisas tão bem quanto você.

— Isso eu sei — respondi, querendo evitar o assunto. Minha preocupação com negócios que havia deixado no Brasil era enorme. Aprendi o necessário sobre o Caminho de Santiago nos quinze dias que se seguiram ao incidente nas Agulhas Negras, mas tinha demorado quase sete meses para decidir largar tudo e fazer a viagem. Até que, certa manhã, minha mulher me dissera que a hora e a data se aproximavam e que, se eu não tomasse uma decisão, devia esquecer para sempre o caminho da Magia e a Ordem de RAM. Tentei mostrar a ela que o Mestre me dera uma tarefa impossível, já que eu não podia simplesmente sacudir dos ombros a responsabilidade do trabalho diário que eu tinha. Ela riu e disse que eu estava dando uma desculpa tola, pois naqueles sete meses eu pouco tinha feito além de ficar noite e dia me perguntando se devia ou não viajar. E, no gesto mais natural do mundo, me estendeu as duas passagens já com a data do voo marcada.

— É porque você decidiu que estamos aqui — disse eu na lanchonete do aeroporto. — Não sei se isto está certo; deixar a cabo de outra pessoa a decisão de buscar minha espada.

Minha mulher disse que, se fôssemos voltar a falar bobagens, era melhor pegar os carros e nos despedirmos logo.

— Você jamais deixaria que qualquer decisão na sua vida partisse de outra pessoa. Vamos logo, pois já está ficando tarde.

Ela levantou-se, pegou sua bagagem e se dirigiu para o estabelecimento. Eu não me mexi. Fiquei sentado, olhando a maneira displicente como carregava minha espada, toda hora ameaçando escorregar debaixo do braço.

No meio do caminho ela parou, voltou até a mesa onde eu estava, me deu um sonoro beijo na boca e me olhou sem dizer nada durante muito tempo. De repente percebi que estava na Espanha, que já não podia voltar atrás. Mesmo com a horrível certeza de que tinha muitas chances de fracassar, eu já dera o primeiro passo. Então a abracei com muito amor, com todo o amor que sentia naquele momento, e enquanto ela estava nos meus braços rezei para tudo e para todos em que acreditava, implorei que me dessem forças de voltar com ela e com a espada.

— Bonita espada, você viu? — comentou uma voz feminina na mesa ao lado depois que minha mulher partiu.

— Não se preocupe — respondeu uma voz de homem. — Eu compro uma exatamente igual para você. As lojas de turismo aqui na Espanha têm milhares delas.

Depois de uma hora dirigindo, o cansaço acumulado da noite anterior começou a surgir. Além disso, o calor de agosto era tão forte que, mesmo numa estrada desimpedida, o carro começava a apresentar problemas de superaquecimento. Resolvi parar um pouco numa cidadezinha que os cartazes na estrada anunciavam como Monumento Nacional. Enquanto subia a íngreme ladeira que me conduziria até ela, comecei a recordar mais uma vez tudo o que havia aprendido sobre o Caminho de Santiago.

Assim como a tradição muçulmana exige que todo fiel faça, pelo menos uma vez na vida, o caminho que Maomé percorreu de Meca a Medina, o primeiro milênio do cristianismo conheceu três rotas consideradas sagradas e que resultavam numa série de bênçãos e indulgências para quem cumprisse qualquer uma delas. A primeira rota levava ao túmulo de São Pedro, em Roma. Seus caminhantes tinham por símbolo uma cruz e eram chamados de *romeiros*. A segunda levava ao Santo Sepulcro de Cristo, em Jerusalém, e os que faziam esse caminho eram chamados de *palmeiros*, porque tinham como símbolo as palmas com que Cristo foi saudado ao entrar na cidade. Finalmente existia um terceiro caminho — um caminho que levava até os restos mortais do apóstolo São Tiago, enterrados num local da península Ibérica onde certa noite um pastor havia visto uma estrela brilhante sobre um campo. Conta a lenda que não apenas São Tiago, mas a própria Virgem Maria, estiveram por ali logo após a morte de Cristo, levando a palavra do Evangelho e exortando os povos a se converterem. O local ficou conhecido como Compostela — o campo da estrela — e logo surgiu uma cidade que iria atrair viajantes de todo o mundo cristão. A esses viajantes que percorriam a terceira rota sagrada foi dado o nome de *peregrinos* e passaram a ter como símbolo uma concha.

Em sua época áurea, no século xiv, a "Via Láctea" (assim chamada porque à noite os peregrinos se orientavam por essa galáxia) chegou a ser percorrida a cada ano por mais de um milhão de pessoas, vindas de todos os cantos da Europa. Até hoje, místicos, religiosos e pesquisadores ainda fazem a pé os setecentos quilômetros que separam a cidade francesa de Saint-Jean-Pied-de-Port da Catedral de Santiago de Compostela, na Espanha.* Graças ao sacerdote francês Aymeric Picaud, que peregrinou até Compostela em 1123, a rota seguida hoje pelos peregrinos é exatamente igual ao caminho medieval que foi percorrido por Carlos Magno, São Francisco de Assis, Isabel de Castela e, mais recentemente, pelo papa João xxiii — entre muitos outros.

Picaud escreveu cinco livros sobre sua experiência, apresentados como obra do papa Calixto ii, devoto de São Tiago, que ficou conhecida mais tarde como Codex Calixtinus. No Livro v do Codex Calixtinus, *Liber Sancti Jacobi*, Picaud enumera as marcas naturais — fontes, hospitais, abrigos e cidades — que se estendiam ao longo do caminho. Baseada nas anotações de Picaud, uma sociedade — Les Amis de Saint-Jacques (São Tiago é *Saint-Jacques* em francês, *James* em inglês, *Giacomo* em italiano, *Jacob* em latim) — encarrega-se de manter até hoje essas marcas naturais e orientar os peregrinos.

* O Caminho de Santiago em território francês era composto de várias rotas, que se uniam numa cidade espanhola chamada Puente La Reina. A cidade de Saint-Jean-Pied-de-Port está localizada numa dessas rotas, que não é a única nem a mais importante.

Por volta do século XII, a nação espanhola começou a aproveitar a mística de São Tiago em sua luta contra os mouros que haviam invadido a península. Várias ordens militares foram criadas ao longo do Caminho e as cinzas do apóstolo se tornaram um poderoso amuleto espiritual para combater os muçulmanos, que diziam ter consigo um braço de Maomé. Finda a Reconquista, porém, as ordens militares estavam tão fortes que começaram a ameaçar o Estado, obrigando os Reis Católicos a intervirem diretamente para evitar que essas ordens se insurgissem contra a nobreza. Por causa disso, o Caminho foi pouco a pouco caindo no esquecimento e, se não fosse por manifestações artísticas esporádicas — como a *Via Láctea* de Buñuel, ou "Caminante" de Joan Manuel Serrat —, ninguém hoje em dia seria capaz de lembrar que por ali passaram milhares de pessoas que mais tarde iriam povoar o Novo Mundo.

A cidadezinha aonde cheguei de carro estava absolutamente deserta. Depois de muito procurar, achei uma pequena cantina adaptada em uma velha casa de estilo medieval. O dono — que não tirava os olhos de um seriado na televisão — me avisou que aquela era a hora da sesta e que eu era um louco de andar pela estrada com tanto calor.

Pedi um refrigerante, tentei ver um pouco de televisão, mas não conseguia me concentrar em nada. Pensava apenas que dentro de dois dias eu ia reviver em pleno século XX um pouco da grande aventura humana que trouxe Ulisses de Troia, andou com Quixote pela Mancha, levou Dante e Orfeu aos infernos e Cristóvão Colombo às Américas: a aventura de viajar em direção ao Desconhecido.

Quando tornei a pegar o carro já estava um pouco mais calmo. Mesmo que não descobrisse minha espada, a peregrinação pelo Caminho de Santiago ia terminar fazendo com que eu descobrisse a mim mesmo.

Saint-Jean-Pied-de-Port

Um desfile com personagens mascarados e uma banda de música — todos vestidos de vermelho, verde e branco, as cores do País Basco francês — ocupava a principal rua de Saint-Jean-Pied-de-Port. Era domingo, eu tinha passado dois dias dirigindo e não podia perder mais um minuto sequer assistindo àquela festa. Abri caminho entre as pessoas, ouvi alguns insultos em francês, mas terminei dentro das fortificações que constituíam a parte mais velha da cidade, onde deveria estar Mme. Lourdes. Mesmo naquela parte dos Pireneus fazia calor durante o dia, e saí do carro ensopado de suor.

Bati na porta. Bati outra vez e nada. Uma terceira vez e ninguém respondeu. Sentei-me no meio-fio, preocupado. Minha mulher dissera que eu deveria estar ali exatamente naquele dia, mas ninguém respondia aos meus chamados. Podia ser que Mme. Lourdes tivesse saído para ver o desfile, pensei, ou que eu houvesse chegado tarde demais e ela decidira não me receber. O Caminho de Santiago acabava antes mesmo de haver começado.

De repente, a porta se abriu e uma criança pulou para a rua. Levantei-me também de um salto e, num francês meio capenga, perguntei por Mme. Lourdes. A menina deu um riso e apontou para dentro. Só então percebi meu erro: a porta dava para um imenso pátio, em torno do qual se estendiam velhas casas medievais com balcões. A porta estivera aberta para mim e eu não tinha ousado sequer pegar na maçaneta.

Entrei correndo e me dirigi à casa que a menina me havia indicado. Lá dentro, uma mulher idosa e gorda vociferava alguma coisa em basco contra um rapaz miúdo, de olhos castanhos e tristes. Aguardei algum tempo até que a briga terminasse — e efetivamente terminou com o pobre rapaz sendo enxotado em direção à cozinha debaixo de uma onda de insultos da velha. Só então ela se virou para mim e, sem sequer perguntar o que eu queria, me conduziu — entre gestos delicados e empurrões — ao segundo andar da pequena casa. Lá em cima, havia apenas um escritório apertado, cheio de livros, objetos, estátuas de São Tiago e recordações do Caminho. Ela retirou um livro da estante e sentou-se por detrás da única mesa do ambiente, deixando-me de pé.

— Você deve ser mais um peregrino para Santiago — disse sem rodeios. — Preciso anotar seu nome no caderno dos que fazem o Caminho.

Dei meu nome e ela quis saber se eu havia trazido as vieiras. "Vieiras" era o termo que designava as grandes conchas levadas como símbolo da peregrinação até o túmulo do apóstolo e que serviam para que os peregrinos se identificassem entre si.* Antes de viajar para a Espanha eu

---

* A única marca que o Caminho de Santiago deixou na cultura francesa foi justamente no orgulho nacional, a gastronomia: *coquilles Saint-Jacques*.

tinha ido até um lugar de peregrinação no Brasil, Aparecida do Norte. Lá havia comprado uma imagem de Nossa Senhora Aparecida sobre três vieiras. Tirei-a da mochila e estendi para Mme. Lourdes.

— Bonito mas pouco prático — disse ela, me devolvendo a imagem com as vieiras. — Pode quebrar durante o caminho.

— Não irá quebrar. E vou deixá-las sobre o túmulo do apóstolo.

Mme. Lourdes parecia não ter muito tempo para me atender. Deu-me um pequeno carnê que iria me facilitar a hospedagem nos mosteiros do Caminho, colocou um carimbo de Saint-Jean-Pied-de-Port para indicar onde eu havia iniciado a caminhada e me disse que podia partir na bênção de Deus.

— Mas onde está o meu guia? — perguntei.

— Que guia? — respondeu ela, um pouco surpresa, mas também com um brilho distinto nos olhos.

Percebi que tinha me esquecido de algo muito importante. No afã de ser logo atendido, eu não tinha pronunciado a Palavra Antiga — uma espécie de senha que identifica aqueles que pertencem ou pertenceram às ordens da Tradição. Imediatamente corrigi meu erro e disse-lhe a Palavra. Mme. Lourdes, num gesto rápido, arrancou de minhas mãos o carnê que me havia entregado minutos antes.

— Você não vai precisar disto — disse, enquanto retirava uma pilha de jornais velhos de cima de uma caixa de papelão. — O seu caminho e o seu descanso dependem das decisões do seu guia.

Mme. Lourdes retirou da caixa um chapéu e um manto. Pareciam peças de roupa muito antigas, mas estavam bem conservadas. Pediu-me que ficasse em pé no centro da sala e começou a rezar em silêncio. Depois colocou-me o manto nas costas e o chapéu na cabeça. Pude notar que tanto no chapéu como em cada ombro do manto havia vieiras costuradas. Sem parar de rezar, a velha senhora pegou um cajado num dos cantos do escritório e me fez segurá-lo com a mão direita. No cajado prendeu uma pequena cabaça de água. Ali estava eu: por baixo, bermuda jeans e camiseta I LOVE NY e, por cima, o traje medieval dos peregrinos a Compostela.

A velha se aproximou até ficar a dois palmos de distância na minha frente. Então, numa espécie de transe, colocando as mãos espalmadas sobre minha cabeça, disse:

— Que o apóstolo São Tiago te acompanhe e te mostre a única coisa que precisas descobrir; que não andes nem devagar nem depressa demais, mas sempre de acordo com as Leis e as Necessidades do Caminho; que obedeças àquele que vai te guiar, mesmo quando te der uma ordem homicida, blasfema, ou insensata. Tu tens que jurar obediência total ao teu guia.

Eu jurei.

— O Espírito dos velhos peregrinos da Tradição há de acompanhá-lo na jornada. O chapéu o protege contra o sol e os maus pensamentos; o manto o protege contra a chuva e as más palavras; o cajado o protege contra os inimigos e as más obras. A bênção de Deus, de São Tiago e da Virgem Maria o acompanhe todas as noites e todos os dias. Amém.

Dito isto, voltou à sua maneira habitual: com um pouco de pressa e certo mau humor recolheu as roupas, guardou-as de novo na caixa, recolocou o cajado com a cabaça no canto da sala e, depois de me ensinar as palavras de senha, pediu-me que fosse embora logo, pois meu guia estava me esperando a uns dois quilômetros de Saint-Jean-Pied-de-Port.

— Ele detesta banda de música — disse ela. — Mas, mesmo a dois quilômetros de distância, deve estar escutando: os Pireneus são uma excelente caixa de ressonância.

E, sem maiores comentários, desceu as escadas e foi para a cozinha, atormentar um pouquinho mais o rapaz de olhos tristes. Na saída perguntei o que deveria fazer com o carro e ela disse que lhe deixasse as chaves, pois alguém viria buscá-lo. Fui até o carro, peguei na mala a pequena mochila azul com um saco de dormir amarrado, guardei no seu canto mais protegido a imagem de Nossa Senhora Aparecida com as conchas, coloquei-a nas costas e fui dar as chaves para Mme. Lourdes.

— Saia da cidade seguindo esta rua até aquela porta lá no final das muralhas — ela me falou. — E, quando chegar a Santiago de Compostela, reze uma ave-maria por mim. Eu já percorri tantas vezes este caminho e agora me contento em ler nos olhos dos peregrinos a excitação que ainda tenho, mas que não posso mais pôr em prática por causa da idade. Conte isso a São Tiago. E conte também que a qualquer hora estarei me encontrando com ele, por outro caminho — mais direto e menos cansativo.

Saí da cidadezinha atravessando as muralhas pela Porte d'Espagne. No passado, esta tinha sido a rota preferida dos invasores romanos, e por aqui também passaram os exércitos de Carlos Magno e Napoleão. Segui em silêncio, ouvindo ao longe a banda de música. Subitamente, nas ruínas de um povoado perto de Saint-Jean, fui tomado de imensa emoção e meus olhos se encheram de água: ali, naquelas ruínas, pela primeira vez me dei conta de que meus pés estavam pisando o Estranho Caminho de Santiago.

Em volta do vale, os Pireneus, coloridos pela música da bandinha e pelo sol daquela manhã, me davam a sensação de algo primitivo, alguma coisa que já tinha sido esquecida pelo gênero humano mas que de maneira nenhuma eu conseguia saber o que era. Entretanto, era uma sensação estranha e forte, e resolvi apressar o passo e chegar o mais breve possível ao local onde Mme. Lourdes dissera que o guia me esperava. Sem parar de caminhar, tirei a camiseta e guardei-a na mochila. As alças começaram a machucar um pouco os ombros nus, mas em compensação o velho tênis estava tão macio que não me causava nenhum incômodo. Depois de quase quarenta minutos, numa curva que contornava uma gigantesca pedra, cheguei ao velho poço abandonado. Ali, sentado no chão, um homem com seus cinquenta anos — de cabelos pretos e aspecto cigano — remexia em sua mochila em busca de algo.

— Olá — disse eu, em espanhol, com a mesma timidez que tinha toda vez que era apresentado a alguém. — Você deve estar me esperando. Meu nome é Paulo.

O homem parou de mexer na mochila e me olhou de cima a baixo. Seu olhar era frio e ele não pareceu surpreso com minha chegada. Eu também tive a vaga sensação de que o conhecia.

— Sim, eu estava te esperando, mas não sabia que ia encontrá-lo tão cedo. O que você quer?

Fiquei um pouco desconcertado com a pergunta e respondi que era eu quem ele iria guiar pela Via Láctea em busca da espada.

— Não é preciso — disse o homem. — Se quiser, posso encontrá-la para você. Mas decida isto agora.

Cada vez achava mais estranha aquela conversa com o desconhecido. Entretanto, como tinha jurado obediência completa, preparei-me para responder. Se ele podia encontrar a espada para mim, ia me poupar um tempo enorme, e eu poderia voltar logo às pessoas e aos negócios no Brasil, que não me saíam da cabeça. Poderia também ser um truque, mas não haveria mal algum em dar uma resposta.

Resolvi dizer que sim. E de repente, por detrás de mim, ouvi uma voz em espanhol, num sotaque carregadíssimo:

— A gente não precisa subir uma montanha para saber se ela é alta.

Era a senha! Olhei para trás e vi um homem de seus quarenta anos, bermuda cáqui, camiseta branca suada, olhando fixamente para o cigano. Tinha os cabelos grisalhos e a pele queimada pelo sol. Na pressa, eu tinha me esquecido das regras mais elementares de proteção e havia me atirado de corpo e alma nos braços do primeiro desconhecido que encontrara.

— O barco está mais seguro quando está no porto, mas não foi para isto que foram construídos os barcos — eu disse a contrassenha. O homem, entretanto, não desviou os olhos do cigano, nem o cigano desviou os olhos dele. Ambos se encararam, sem medo e sem valentia, por alguns minutos. Até que o cigano deixou a mochila no chão, deu um sorriso de desdém e seguiu em direção a Saint-Jean-Pied-de-Port.

— Meu nome é Petrus* — disse o recém-chegado, assim que o cigano sumiu atrás da imensa pedra que eu havia contornado minutos antes. — Da próxima vez seja mais cauteloso.

Notei um tom simpático na sua voz, diferente do tom do cigano e da própria Mme. Lourdes. Ele pegou a mochila no chão e reparei que nela havia uma vieira desenhada na parte de trás. Tirou de dentro uma garrafa de vinho, tomou um gole e me estendeu. Enquanto eu bebia, perguntei quem era o cigano.

— Esta rota é uma rota de fronteira, muito utilizada por contrabandistas e por terroristas refugiados do País Basco espanhol — disse Petrus. — A polícia quase não vem aqui.

— Você não está me respondendo. Vocês dois se olharam como velhos conhecidos. E tenho a impressão de que o conheço também, por isso fui tão afoito.

Petrus deu um riso e pediu que começássemos logo a andar. Peguei minhas coisas e tratamos de caminhar

---

* Na verdade, Petrus me deu seu verdadeiro nome. Para proteger sua privacidade, o seu nome está trocado. Aliás, é um dos raros casos de nomes trocados neste livro.

em silêncio. Mas, pelo riso de Petrus, eu sabia que ele estava pensando a mesma coisa que eu.

Nós tínhamos encontrado um demônio.

Caminhamos em silêncio durante certo tempo, e Mme. Lourdes tinha toda a razão: mesmo a quase três quilômetros de distância ainda dava para ouvir o som da bandinha que tocava sem parar. Eu queria fazer muitas perguntas a Petrus — sobre sua vida, seu trabalho e o que o havia trazido a este local. Sabia, porém, que tínhamos ainda setecentos quilômetros para percorrer juntos e que chegaria o momento certo de ter todas essas perguntas respondidas. Mas o cigano não me saía da cabeça e terminei quebrando o silêncio.

— Petrus, acho que o cigano era um demônio.

— Sim, ele era um demônio — e, quando confirmou isto, senti um misto de terror e alívio. — Mas não é o demônio que você conheceu na Tradição.

Na Tradição, um demônio é um espírito que não é bom nem mau, mas considerado guardião da maior parte dos segredos acessíveis ao homem, e com força e poder sobre as coisas materiais. Por ser o anjo caído, identifica-se com a raça humana e está sempre disposto a pactos e trocas de favores. Perguntei qual era a diferença entre o cigano e os demônios da Tradição.

— Nós vamos encontrar outros no caminho — riu ele. — Você irá perceber por si só. Mas, para ter uma ideia, procure se lembrar de toda a sua conversa com o cigano.

Repassei as duas únicas frases que havia trocado com ele. O demônio tinha dito que estava me esperando e se propusera a buscar a espada para mim.

Petrus então disse que eram duas frases que caberiam perfeitamente bem na boca de um ladrão que é surpreendido em pleno roubo: tentar ganhar tempo e conseguir favores, enquanto rapidamente traça uma rota de fuga. Por outro lado, as duas frases podiam ter um sentido mais profundo, ou seja — que as palavras estivessem dizendo exatamente o que pretendia dizer.

— Qual das duas está certa?

— Ambas estão certas. Aquele pobre ladrão, enquanto se defendia, captou no ar as palavras que precisavam ser ditas a você. Achou que estava sendo inteligente e estava sendo instrumento de uma força maior. Se ele tivesse corrido quando cheguei, esta conversa seria desnecessária. Mas ele me encarou, e eu li em seus olhos o nome de um demônio que você irá encontrar no caminho.

Para Petrus, o encontro tinha sido um presságio favorável, já que o demônio havia se revelado cedo demais.

— Entretanto não se preocupe com ele agora, porque, como eu disse antes, ele não será o único. Talvez seja o mais importante, mas não será o único.

Continuamos andando. A vegetação, antes um pouco desértica, mudou para pequenas árvores espalhadas aqui e ali. Talvez fosse melhor mesmo seguir o conselho de Petrus e deixar que as coisas acontecessem por si sós. De vez em quando, ele fazia algum comentário a respeito de um ou outro fato histórico ocorrido nos lugares por onde passávamos. Vi a casa onde uma rainha havia pernoitado na véspera de morrer e uma capelinha incrustada nas rochas, ermida de algum homem santo que os raros habitantes daquela área juravam ser capaz de fazer milagres.

— Os milagres são muito importantes, não acha? — disse ele.

Respondi que sim, mas que jamais tinha visto um grande milagre. Meu aprendizado na Tradição tinha sido muito mais no plano intelectual. Acreditava que, quando recuperasse a espada, aí, sim, eu seria capaz de fazer as grandes coisas que meu Mestre fazia.

— E que não são milagres, porque não mudam as leis da natureza. O que meu Mestre faz é utilizar essas forças para...

Não consegui completar a frase, porque não achava nenhuma razão para que o Mestre conseguisse materializar espíritos, mudar objetos de lugar sem tocá-los e, como já havia visto mais de uma vez, abrir buracos de céu azul em tardes cobertas de nuvens.

— Talvez ele faça isso para convencer você de que tem o Conhecimento e o Poder — afirmou Petrus.

— É, pode ser — respondi sem muita convicção.

Sentamos numa pedra, porque Petrus me disse que detestava fumar cigarros enquanto andava. Segundo ele, os pulmões absorviam muito mais nicotina, e o fumo lhe causava náuseas.

— Por isso seu Mestre lhe recusou a espada — disse Petrus. — Porque você não sabe a razão pela qual ele faz seus prodígios. Porque você esqueceu que o caminho do conhecimento é um caminho aberto a todos os homens, às pessoas comuns. Em nossa viagem, vou ensinar-lhe alguns exercícios e rituais conhecidos como As Práticas de RAM. Qualquer pessoa, em algum momento de sua existência, já teve acesso a pelo menos uma delas.

Todas, sem exceção, podem ser encontradas por alguém que se disponha a procurá-las, com paciência e com perspicácia, nas próprias lições que a vida nos ensina.

"As Práticas de RAM são tão simples que as pessoas como você, acostumadas a sofisticar demais a vida, muitas vezes não lhes dão nenhum valor. Mas são elas, junto com mais três outros conjuntos de práticas, que fazem o homem ser capaz de conseguir tudo, mas absolutamente tudo o que deseja.

"Jesus louvou o Pai quando seus discípulos começaram a realizar milagres e curas, e agradeceu porque Ele havia escondido essas coisas dos sábios e revelado aos homens simples. Afinal de contas, se alguém acredita em Deus, tem que acreditar também que Deus é justo."

Petrus tinha toda a razão. Seria uma injustiça divina permitir que só as pessoas instruídas, com tempo e dinheiro para comprar livros caros, pudessem ter acesso ao verdadeiro Conhecimento.

— O verdadeiro caminho da sabedoria pode ser identificado por apenas três coisas — disse Petrus. — Primeiro, ele tem que ter Ágape, e disso eu vou lhe falar mais tarde; segundo, tem que ter uma aplicação prática na sua vida, senão a sabedoria torna-se uma coisa inútil e apodrece como uma espada que nunca é utilizada. E, finalmente, tem que ser um caminho que possa ser trilhado por qualquer um. Como o que você está percorrendo agora, o Caminho de Santiago.

Andamos durante todo o resto da tarde e só quando o sol começou a sumir por detrás das montanhas é que Petrus resolveu parar de novo. À nossa volta, os picos mais altos dos Pireneus ainda brilhavam com a luz dos últimos raios do dia.

Petrus pediu que eu limpasse uma pequena área no chão e me ajoelhasse ali.

— A primeira Prática de RAM é o ato de renascer. Você terá que executá-la durante sete dias seguidos, tentando experimentar de uma maneira diferente aquilo que foi o seu primeiro contato com o mundo. Você sabe quão difícil foi largar tudo e vir percorrer o Caminho de Santiago em busca de uma espada, mas essa dificuldade só existiu porque você estava preso ao passado. Já foi derrotado e tem medo de ser derrotado novamente; já conseguiu alguma coisa e tem medo de tornar a perdê-la. Entretanto, alguma coisa mais forte que tudo isso prevaleceu: o desejo de encontrar sua espada. E você resolveu correr o risco.

Respondi que sim, mas que ainda continuava com as mesmas preocupações a que ele havia se referido.

— Não tem importância. O exercício, aos poucos, irá libertá-lo das cargas que você mesmo criou na sua vida.

E Petrus me ensinou a primeira Prática de RAM: O EXERCÍCIO DA SEMENTE.

— Faça-o agora pela primeira vez — disse.

Encostei a cabeça entre os joelhos, respirei fundo e comecei a relaxar. Meu corpo obedeceu com docilidade — talvez porque tínhamos andado muito durante o dia e eu devia estar exausto. Comecei a escutar o barulho da terra, um barulho surdo, rouco, e aos poucos fui me transformando na semente. Não pensava. Tudo era escuro e eu estava adormecido no fundo da

O EXERCÍCIO DA SEMENTE

Ajoelhe-se no chão. Depois sente-se nos calcanhares e curve o tronco, de modo que sua cabeça toque os joelhos. Estique os braços para trás. Você está em posição fetal. Agora relaxe e esqueça todas as tensões. Respire calma e profundamente. Aos poucos você vai percebendo que é uma minúscula semente, cercada pelo conforto da terra. Tudo está quente e agradável ao seu redor. Você dorme um sono tranquilo. De repente, um dedo se move. O broto não quer mais ser semente, ele quer nascer. Lentamente você começa a mover os braços, e depois seu corpo irá se erguendo, se erguendo, até que você estará de novo sentado nos calcanhares. Agora você começa a levantar-se e, bem lentamente, ficará ereto e de joelhos no chão. Durante todo esse tempo você imaginou que é uma semente se transformando em broto e rompendo pouco a pouco a terra.

Chegou o momento de romper a terra por completo. Você vai se levantando lentamente, colocando um pé no chão, depois o outro, lutando contra o desequilíbrio como um broto luta para encontrar seu espaço. Até que você fica em pé. Imagina o campo ao seu redor, o sol, a água, o vento e os pássaros. É um broto que começa a crescer. Levanta, devagar, os braços em direção ao céu. Depois vai se esticando cada vez mais, como se quisesse agarrar o sol imenso que brilha sobre você, lhe dá forças e o atrai. Seu corpo começa a ficar cada vez mais rígido, seus músculos retesam-se todos, enquanto você se sente crescer, crescer, crescer e se tornar imenso. A tensão vai aumentando cada vez mais, até tornar-se dolorosa, insuportável. Quando não aguentar mais, dê um grito e abra os olhos.

Repita este exercício sete dias seguidos, sempre à mesma hora.

terra. De repente, alguma coisa se moveu. Era uma parte de mim, uma minúscula parte de mim que queria me despertar, que dizia que eu tinha que sair dali porque havia outra coisa "lá para cima". Eu pensava em dormir e essa parte insistia. Começou por mover meus dedos, e meus dedos foram movendo meus braços — mas não eram dedos nem braços, e sim um pequeno broto que lutava para vencer a resistência da terra e caminhar em direção à tal "coisa lá em cima". Senti que o corpo começou a seguir o movimento dos braços. Cada segundo parecia uma eternidade, mas a semente tinha uma coisa "lá em cima" e precisava nascer, precisava saber o que era. Com uma imensa dificuldade, a cabeça, depois o corpo começaram a levantar. Tudo era lento demais e eu precisava lutar contra a força que me empurrava para baixo, em direção ao fundo da terra, onde antes eu estava tranquilo e dormindo meu sono eterno. Mas fui vencendo, fui vencendo e, finalmente, rompi alguma coisa e já estava ereto. A força que me empurrava para baixo de repente cessou. Eu havia rompido a terra e estava cercado da tal "coisa lá em cima".

A "coisa lá em cima" era o campo. Senti o calor do sol, o zumbir dos mosquitos, o barulho de um rio que corria ao longe. Levantei-me devagar, de olhos fechados, e a todo momento pensava que iria me desequilibrar e voltar para a terra, no entanto continuava a crescer. Meus braços foram se abrindo e meu corpo esticando. Ali estava eu, renascendo, querendo ser banhado por dentro e por fora por aquele sol imenso que brilhava e que me pedia para crescer mais, esticar mais, para abraçá-lo com todos os meus ramos. Fui retesando cada vez mais os braços, os músculos de todo o corpo começaram a doer, e senti que tinha mil metros de altura e que podia abraçar muitas montanhas. E o corpo foi se expandindo, se expandindo, até que a dor muscular se tornou tão intensa que eu não aguentei mais e dei um grito.

Abri os olhos e Petrus estava diante de mim, sorrindo e fumando um cigarro. A luz do dia ainda não havia desaparecido, mas fiquei surpreso em perceber que não fazia o sol que eu havia imaginado. Perguntei se ele queria que lhe descrevesse as sensações e ele disse que não.

— Isto é uma coisa muito pessoal e você deve guardá-la para si mesmo. Como eu poderia julgá-la? Essas vivências são suas, não minhas.

Petrus disse que íamos dormir ali mesmo. Fizemos uma pequena fogueira, tomamos o que restava da garrafa de vinho dele e eu preparei alguns sanduíches com um patê de foie gras que havia comprado antes de chegar a Saint-Jean. Petrus foi até o riacho que corria por perto e trouxe alguns peixes, que assou na fogueira. Depois, cada qual deitou no seu saco de dormir.

Dentre as grandes sensações que experimentei na vida, não posso me esquecer daquela primeira noite no Caminho de Santiago. Fazia frio, apesar do verão, mas eu tinha ainda na boca o gosto do vinho que Petrus havia trazido. Olhei para o céu e a Via Láctea se estendia sobre mim, mostrando o imenso caminho que devíamos cruzar. Outrora, essa imensidão me daria uma grande angústia, um medo terrível de que não seria capaz de conseguir, de que era pequeno demais para isso. Mas hoje eu era uma semente e tinha nascido de novo. Havia descoberto que, apesar do conforto da terra e do sono que eu dormia, era muito mais bela a vida "lá em cima". E que eu podia nascer sempre, quantas vezes quisesse, até que meus braços fossem suficientemente grandes para abraçar a terra de onde eu tinha vindo.

O criador e a criatura

Durante seis dias caminhamos pelos Pireneus, subindo e descendo montanhas, com Petrus me pedindo que realizasse o exercício da semente toda vez que os raios de sol iluminavam apenas os picos mais altos. No terceiro dia de caminhada, um marco de cimento pintado de amarelo indicava que havíamos cruzado a fronteira e que, a partir dali, nossos pés estavam pisando em terra espanhola. Petrus, pouco a pouco, começou a soltar algumas coisas de sua vida particular; descobri que era italiano e que trabalhava com desenho industrial.* Perguntei se não estava preocupado com as muitas coisas de que devia ter sido forçado a abrir mão para guiar um peregrino em busca de sua espada.

---

* Colin Wilson afirma que não existem coincidências neste mundo, e eu mais uma vez pude confirmar a veracidade dessa afirmação. Estava certa tarde folheando algumas revistas no hall do hotel onde me hospedei em Madri quando uma reportagem sobre o Prêmio Príncipe das Astúrias me chamou a atenção, porque um jornalista brasileiro, Roberto Marinho, havia sido um dos agraciados. Ao prestar mais atenção à foto do banquete, porém, levei um susto: numa das mesas, elegante em seu smoking, está Petrus, descrito na legenda como "um dos mais famosos designers europeus do momento".

49

— Quero explicar-lhe uma coisa — respondeu ele.
— Eu não o estou guiando até sua espada. Cabe única e exclusivamente a você encontrá-la. Estou aqui para conduzi-lo através do Caminho de Santiago e ensinar-lhe as Práticas de RAM. Como você aplicará isto para encontrar sua espada é problema seu.

— Você não respondeu a minha pergunta.

— Quando você viaja, está experimentando de uma maneira muito prática o ato de renascer. Está diante de situações completamente novas, o dia passa mais devagar e na maior parte das vezes você não compreende a língua que as pessoas estão falando. Exatamente como uma criança que acabou de sair do ventre materno. Com isso, você passa a dar muito mais importância às coisas que o cercam, porque delas depende a sua sobrevivência. Passa a ser mais acessível às pessoas, porque elas poderão ajudá-lo em situações difíceis. E recebe qualquer pequeno favor dos deuses com grande alegria, como se aquilo fosse um episódio a ser lembrado pelo resto da vida.

"Ao mesmo tempo, como todas as coisas são novas, você enxerga apenas a beleza nelas e fica mais feliz em estar vivo. Por isso, a peregrinação religiosa sempre foi uma das maneiras mais objetivas de se conseguir chegar à iluminação. A maneira de se corrigir o pecado é andando sempre em frente, adaptando-se às situações novas e recebendo em troca todos os milhares de bênçãos que a vida dá com generosidade aos que lhe pedem. Você acha que eu poderia estar preocupado com meia dúzia de projetos que deixei de realizar para estar com você aqui?"

Petrus olhou em volta e eu acompanhei seus olhos. No alto de uma montanha, algumas cabras pastavam. Uma delas, mais ousada, estava sobre uma pequena saliência de rocha altíssima e eu não entendia como havia chegado lá nem como poderia sair. Mas, no momento em que pensei nisso, a cabra saltou e, tocando em pontos invisíveis aos meus olhos, voltou para junto de suas companheiras. Tudo em volta refletia uma paz nervosa, a paz de um mundo que ainda tinha muito para crescer e criar, e que sabia que para isto era preciso continuar caminhando, sempre caminhando. Mesmo que um grande terremoto ou uma tempestade assassina às vezes me dessem a sensação de que a natureza era cruel, eu percebi que estas eram as vicissitudes do caminho. Também a natureza viajava, em busca da iluminação.

— Estou muito contente de estar aqui — disse Petrus. — Porque o trabalho que deixei de realizar não conta mais e os trabalhos que realizarei depois disso vão ser muito melhores.

Quando li a obra de Carlos Castañeda, desejei muito encontrar o velho bruxo índio, D. Juan. Vendo Petrus olhar as montanhas, pareceu-me estar com alguém muito parecido.

Na tarde do sétimo dia chegamos ao alto de um morro, depois de atravessarmos uma floresta de pinheiros. Ali, Carlos Magno tinha orado pela primeira vez em solo espanhol, e um monumento antigo pedia em latim que, por causa desse feito, todos rezassem uma salve-rainha. Nós dois fizemos o que o monumento pedia. Depois Petrus fez com que eu realizasse o exercício da semente pela última vez.

Ventava muito e fazia frio. Argumentei que ainda era cedo — deviam ser, no máximo, três horas da tarde —, mas ele respondeu que eu não discutisse e fizesse exatamente o que estava mandando.

Eu me ajoelhei no chão e comecei a realizar o exercício. Tudo transcorreu normalmente até o momento em que estendi os braços e comecei a imaginar o sol. Quando cheguei a este ponto, com o sol gigantesco brilhando à minha frente, senti que estava entrando num grande êxtase. Minhas memórias de homem começaram lentamente a se apagar e eu já não estava realizando um exercício, tinha virado uma árvore. Estava feliz e contente com isso. O sol brilhava e girava em torno de si mesmo — o que não tinha acontecido em nenhuma vez anterior. Fiquei ali, os ramos estendidos, as folhas sacudidas pelo vento, sem querer jamais sair daquela posição. Até que alguma coisa me atingiu e tudo ficou escuro por uma fração de segundo.

Abri imediatamente os olhos. Petrus me dera uma bofetada no rosto e me segurava pelos ombros.

— Não se esqueça dos seus objetivos! — disse com raiva. — Não esqueça que você ainda tem muito que aprender antes de encontrar sua espada!

Eu me sentei no chão, tremendo por causa do vento gelado.

— Isto acontece sempre? — perguntei.

— Quase sempre — disse ele. — Principalmente com

pessoas como você, que ficam fascinadas pelos detalhes e esquecem o que procuram.

    Petrus tirou um pulôver da mochila e o vestiu. Eu coloquei por cima da I LOVE NY a minha camiseta sobressalente — jamais havia pensado que, num verão que os jornais tinham chamado de "o mais quente da década", pudesse fazer tanto frio assim. As duas camisetas ajudaram a cortar o vento, mas pedi a Petrus que andássemos mais depressa, para que eu pudesse me aquecer.

    O caminho agora era uma descida bem fácil. Achei que o frio demasiado que sentia era porque tínhamos nos alimentado muito frugalmente, comendo apenas peixes e frutas silvestres.* Ele disse que não, e explicou que o frio era porque havíamos atingido o ponto mais alto da caminhada nas montanhas.

    Não tínhamos andado mais que quinhentos metros quando, numa curva do caminho, o mundo de repente mudou. Uma gigantesca planície ondulada estendia-se à nossa frente. E à esquerda, no caminho de descida, a menos de duzentos metros de nós, uma bonita cidadezinha nos esperava, com suas chaminés fumegando.

    Comecei a andar mais rápido, mas Petrus me deteve.

    — Acho que é o melhor momento de ensinar-lhe a segunda Prática de RAM — disse, sentando-se no chão e sugerindo com um gesto que eu fizesse o mesmo.

    Sentei-me a contragosto. A visão da pequena cidade com suas chaminés fumegando tinha me perturbado

---

* Há uma fruta vermelha, cujo nome não sei, que hoje em dia me causa enjoo, de tanto que a comi na passagem dos Pireneus.

bastante. De repente me dei conta de que estávamos há uma semana no meio do mato, sem ver ninguém, dormindo ao relento e andando o dia inteiro. Meus cigarros haviam acabado e eu era obrigado a fumar o horrível fumo de rolo que Petrus utilizava. Dormir dentro de um saco e comer peixe sem tempero eram coisas de que eu gostava muito quando tinha vinte anos, mas que ali, no Caminho de Santiago, exigiam muita resignação. Esperei impaciente que Petrus acabasse de preparar e fumar seu cigarro em silêncio, enquanto sonhava com o calor de um copo de vinho no bar que eu podia ver, a menos de cinco minutos de caminhada.

Petrus, bem agasalhado no seu pulôver, estava tranquilo e olhava distraído a imensa planície.

— Que tal a travessia dos Pireneus? — perguntou, depois de algum tempo.

— Muito boa — respondi sem querer prolongar a conversa.

— Deve ter sido muito boa mesmo, porque demoramos seis dias para fazer o que pode ser feito em apenas um.

Não acreditei no que estava dizendo. Ele pegou o mapa e me mostrou a distância: dezessete quilômetros. Mesmo andando devagar por causa das subidas e descidas, aquele caminho podia ter sido coberto em seis horas.

— Você está tão obcecado em chegar até sua espada que se esqueceu da coisa mais importante: é preciso caminhar até ela. Olhando fixamente para Santiago — que você não pode ver daqui —, não reparou que passamos por determinados lugares quatro ou cinco vezes seguidas, apenas em ângulos diferentes.

Agora que Petrus falava, comecei a me dar conta de que o monte Itchasheguy — o mais alto da região — às vezes estava à minha direita e às vezes à minha esquerda. Mesmo tendo reparado nisso na ocasião, eu não havia chegado à única conclusão possível: tínhamos ido e voltado muitas vezes.

— A única coisa que fiz foi utilizar rotas diferentes, aproveitando as trilhas abertas na mata por contrabandistas. Mas, mesmo assim, você devia ter percebido. Isso aconteceu porque o seu ato de caminhar não existia. Existia apenas seu desejo de chegar.

— E se eu tivesse percebido?

— Teríamos demorado os sete dias de qualquer maneira, porque assim determinam as Práticas de RAM. Mas, pelo menos, você teria aproveitado os Pireneus de outra forma.

Eu estava tão surpreso que me esqueci um pouco do frio e da cidadezinha.

— Quando se viaja em direção a um objetivo — disse Petrus —, é muito importante prestar atenção no Caminho. O Caminho sempre nos ensina a melhor maneira de chegar e nos enriquece enquanto o estamos cruzando. Comparado a uma relação sexual, eu diria que são as carícias preliminares que determinam a intensidade do orgasmo. Qualquer pessoa sabe disso.

"E assim é quando se tem um objetivo na vida. Ele pode ser melhor ou pior, dependendo do caminho que escolhemos para atingi-lo e da maneira como cruzamos esse caminho. Por isso, a segunda Prática de RAM é tão importante: tirar daquilo que estamos acostumados a olhar todos os dias os segredos que, por causa da rotina, não conseguimos ver."

E Petrus me ensinou o EXERCÍCIO DA VELOCIDADE.

— Nas cidades, em meio aos afazeres diários, este exercício deve ser executado em vinte minutos. Mas, como estamos cruzando o Estranho Caminho de Santiago, vamos demorar uma hora para chegar até a cidade.

O frio — de que eu já havia me esquecido — voltou, e eu olhei com desespero para Petrus. Mas ele não prestou atenção: levantou-se, pegou a mochila e começamos a caminhar aqueles duzentos metros numa lentidão desesperadora.

No começo eu ficava olhando apenas a taberna, um prediozinho antigo, de dois andares, com um letreiro em madeira pendurado por cima da porta. Estávamos tão perto que eu até podia ler a data em que o prédio fora construído: 1652. Estávamos nos movendo, mas parecia que não tínhamos saído do lugar. Petrus colocava um pé adiante do outro com a máxima lentidão, e eu o imitava. Tirei da mochila o relógio e o coloquei no pulso.

— Vai ser pior assim — disse ele —, porque o tempo não é algo que corre sempre no mesmo ritmo. Nós é que determinamos o ritmo do tempo.

Comecei a olhar o relógio a toda hora e achei que ele tinha razão. Quanto mais olhava, mais os minutos custavam a passar. Resolvi seguir seu conselho e enfiei o relógio no bolso. Procurei prestar atenção na paisagem, na planície, nas pedras que meus sapatos pisavam, mas a todo momento eu olhava para a taberna — e me convencia de que não tinha saído do lugar. Pensei em contar

O EXERCÍCIO DA VELOCIDADE

Caminhe durante vinte minutos, na metade da velocidade em que você costuma andar. Preste atenção a todos os detalhes, pessoas e paisagens que estão à sua volta. A hora mais indicada para fazer este exercício é após o almoço.

Repita-o durante sete dias.

mentalmente algumas histórias para mim mesmo, mas aquele exercício estava me deixando tão nervoso que eu não conseguia me concentrar. Quando não resisti e tirei de novo o relógio do bolso, haviam transcorrido apenas onze minutos.

— Não torne este exercício uma tortura, porque ele não foi feito para isso — disse Petrus. — Procure tirar prazer de uma velocidade à qual você não está acostumado. Mudando a maneira de realizar coisas rotineiras, você permite que um novo homem cresça dentro de si mesmo. Mas, enfim, você é quem decide.

A gentileza da frase final me acalmou um pouco. Se era eu quem decidia o que fazer, então era melhor tirar proveito da situação. Respirei fundo e evitei pensar. Despertei em mim um estado esquisito, como se o tempo fosse algo distante e que não me interessasse. Fui me acalmando cada vez mais e comecei a reparar com outros olhos as coisas que me cercavam. A imaginação, que estava rebelde enquanto eu permanecia tenso, passou a funcionar a meu favor. Olhava a cidadezinha à minha frente e começava a criar toda uma história a seu respeito: como tinha sido construída, os peregrinos que por ali passavam, a alegria de encontrar gente e hospedagem depois do vento frio dos Pireneus. Em determinado momento julguei ver na cidade uma presença forte, misteriosa e sábia. Minha imaginação encheu a planície de cavaleiros e de combates. Eu podia ver suas espadas reluzindo ao sol e ouvir seus gritos de guerra. A cidadezinha não era mais apenas um lugar para aquecer-me a alma com vinho e o corpo com um cobertor: era um marco histórico, uma obra de homens heroicos, que haviam deixado tudo para se instalar naqueles ermos. O mundo estava ali, cercando-me, e percebi que raras vezes eu havia prestado atenção nele.

Quando me dei conta, estávamos na porta da taberna e Petrus me convidou para entrar.

— Eu pago o vinho — disse ele. — E vamos dormir cedo porque amanhã preciso apresentá-lo a um grande bruxo.

Dormi um sono pesado e sem sonhos. Assim que o dia começou a se estender pelas duas únicas ruas da cidadezinha de Roncesvalles, Petrus bateu à porta do meu quarto. Estávamos hospedados no andar superior da taberna, que também servia de hotel.

Tomamos café preto, pão com azeite, e saímos. Uma neblina densa pairava sobre o local. Percebi que Roncesvalles não era exatamente uma cidadezinha, como eu havia pensado a princípio; na época das grandes peregrinações pelo Caminho, ela fora o mais poderoso mosteiro da região, com interferência direta em territórios que iam até a fronteira de Navarra. E ainda guardava estes traços: seus poucos prédios faziam parte de um colegiado de religiosos. A única construção de características "leigas" era a taberna onde ficamos hospedados.

Caminhamos pela neblina e entramos na Igreja Colegial. Lá dentro, paramentados de branco, vários padres rezavam em conjunto a primeira missa da manhã. Percebi que era incapaz de entender uma palavra, pois a missa estava sendo rezada em basco. Petrus sentou-se num dos bancos mais afastados e pediu que eu ficasse do seu lado.

A igreja era imensa, cheia de objetos de arte de valor incalculável. Petrus me explicou baixinho que tinha sido construída com doações de reis e rainhas de Portugal, Espanha, França e Alemanha, num sítio previamente marcado pelo imperador Carlos Magno. No altar-mor, a Virgem de Roncesvalles — toda em prata maciça e com rosto em madeira preciosa — tinha nas mãos um ramo de flores feito de pedrarias. O cheiro de incenso, a construção gótica e os padres vestidos de branco, seus cânticos, começaram a me deixar num estado muito semelhante aos transes que eu experimentava durante os rituais da Tradição.

— E o bruxo? — perguntei, lembrando-me do que ele havia falado na tarde anterior.

Petrus apontou com um gesto de cabeça para um padre de meia-idade, magro e de óculos, sentado junto com outros monges nos compridos bancos que ladeavam o altar-mor. Um bruxo e ao mesmo tempo um padre! Desejei que a missa acabasse logo, mas, como Petrus havia me dito no dia anterior, somos nós que determinamos o ritmo do tempo: minha ansiedade fez com que a cerimônia religiosa demorasse mais de uma hora.

Quando a missa acabou, Petrus me deixou sozinho no banco e se retirou pela porta por onde os padres haviam saído. Fiquei algum tempo olhando a igreja, sentindo que devia fazer algum tipo de oração, mas não consegui me concentrar em nada. As imagens pareciam distantes, presas a um passado que não voltaria mais, como jamais voltaria a época de ouro do Caminho de Santiago.

Petrus apareceu na porta e, sem qualquer palavra, fez sinal para que o seguisse.

Chegamos a um jardim interno do convento, cercado por uma varanda de pedra. No centro do jardim havia uma fonte e, sentado em sua borda, nos esperava o tal padre de óculos.

— Padre Jordi, este é o peregrino — disse Petrus me apresentando.

O padre me estendeu a mão e eu o cumprimentei. Ninguém disse mais nada. Fiquei esperando que alguma coisa acontecesse, mas só escutava o ruído de galos cantando ao longe e gaviões saindo em busca da caça. O padre me olhava sem qualquer expressão, um olhar muito parecido ao de Mme. Lourdes depois que eu havia falado a Palavra Antiga.

Finalmente, depois de um longo e constrangedor silêncio, o Padre Jordi falou:

— Parece que você galgou os degraus da Tradição cedo demais, meu caro.

Respondi que já tinha trinta e oito anos e que havia sido bem-sucedido em todas as ordálias.*

— Menos uma, a última e a mais importante — disse ele, continuando a me fitar de modo inexpressivo. — E, sem essa, tudo o que você aprendeu não significa nada.

---

* Ordálias são provas rituais em que vale não apenas a dedicação do discípulo, mas os presságios que surgem durante sua execução. O termo é originário da época do Santo Ofício (Inquisição).

— É por isso que estou fazendo o Caminho de Santiago.

— O que não é garantia de nada. Venha comigo.

Petrus ficou no jardim e eu segui o Padre Jordi. Cruzamos os claustros, passamos pelo local onde estava enterrado um rei — Sancho El Fuerte — e fomos parar numa pequena capela, retirada do grupo de edifícios principais que compunham o mosteiro de Roncesvalles.

Lá dentro não havia quase nada. Apenas uma mesa, um livro e uma espada. Mas não era a minha.

O Padre Jordi sentou-se atrás da mesa, deixando-me de pé. Depois pegou algumas ervas e ateou fogo, enchendo o ambiente de perfume. Cada vez mais, a situação me lembrava o encontro com Mme. Lourdes.

— Primeiro, vou lhe dar um alerta — disse o Padre Jordi. — A Rota Jacobea é apenas um dos quatro caminhos. É o Caminho de Espadas. Ele pode lhe trazer Poder, mas isto não é o suficiente.

— Quais são os outros três?

— Você conhece pelo menos mais dois: o Caminho de Jerusalém, que é o Caminho de Copas, ou do Graal, que lhe trará a capacidade de fazer milagres; e o Caminho de Roma, o Caminho de Paus, que lhe permite a comunicação com os outros mundos.

— Fica faltando o Caminho de Ouros, para completar os quatro naipes do baralho — brinquei. E o Padre Jordi riu.

— Exatamente. Este é o caminho secreto e que, se você realizar algum dia, não poderá contar para ninguém. Por enquanto vamos deixar isso de lado. Onde estão suas vieiras?

Abri a mochila e tirei as conchas com a imagem de Nossa Senhora Aparecida. Ele as colocou sobre a mesa. Estendeu as mãos sobre elas e começou a concentrar-se. Pediu-me que fizesse o mesmo. O perfume no ar estava cada vez mais intenso. Tanto o padre como eu estávamos de olhos abertos, e de repente pude perceber que estava acontecendo o mesmo fenômeno que havia visto em Itatiaia: as conchas brilhavam com a luz que não ilumina. O brilho foi ficando cada vez mais intenso e ouvi uma voz misteriosa, vinda da garganta do Padre Jordi, falar:

— Onde estiver teu tesouro, ali estará o teu coração.

Era uma frase da Bíblia. Mas a voz continuou:

— E onde estiver teu coração, ali estará o berço da Segunda Vinda de Cristo; como estas conchas, o peregrino na Rota Jacobea é apenas a casca. Rompendo-se a casca, que é de Vida, aparece a Vida, que é feita de Ágape.

Ele tirou as mãos e as conchas pararam de brilhar. Depois escreveu meu nome no livro que estava em cima da mesa. Em todo o Caminho de Santiago, eu vi apenas três livros onde meu nome foi escrito: o de Mme. Lourdes, o do Padre Jordi e o livro do Poder, onde mais tarde eu mesmo iria escrever o meu nome.

— Está acabado — disse ele. — Pode partir com a bênção da Virgem de Roncesvalles e de São Tiago da Espada.

— A Rota Jacobea está marcada por pontos amarelos, pintados através de toda a Espanha — disse o padre, enquanto voltávamos para o lugar onde havia ficado Petrus. — Se em algum momento você se perder, procure essas marcas — nas árvores, nas pedras, nos marcos de sinalização — e será capaz de encontrar um lugar seguro.

— Eu tenho um bom guia.

— Mas conte, principalmente, com você mesmo. Para não ficar indo e vindo durante seis dias pelos Pireneus.

Então o padre já sabia da história.

Chegamos junto de Petrus e nos despedimos. Saímos de Roncesvalles ainda de manhã e a neblina já havia desaparecido por completo. Um caminho reto e plano se estendia a nossa frente e comecei a reparar nas marcas amarelas de que o Padre Jordi havia falado. A mochila estava um pouco mais pesada porque eu havia comprado uma garrafa de vinho na taberna, apesar de Petrus me dizer que isto era desnecessário. A partir de Roncesvalles, centenas de cidadezinhas iriam se estendendo pelo caminho e poucas vezes eu iria dormir ao relento.

— Petrus, o Padre Jordi falou da Segunda Vinda de Cristo como se fosse algo que estivesse acontecendo.

— E está sempre acontecendo. Este é o segredo da tua espada.

— Além disso, você falou que eu ia me encontrar com um bruxo e eu me encontrei com um padre. O que tem a ver a Magia com a Igreja católica?

Petrus disse apenas uma palavra:

— Tudo.

A crueldade

— Ali, exatamente naquele local, o Amor foi assassinado — disse o velho camponês, apontando para uma pequena ermida encravada nas rochas.

Tínhamos caminhado durante cinco dias seguidos, parando apenas para comer e dormir. Petrus continuava bastante reservado sobre sua vida pessoal, mas indagava muito sobre o Brasil e sobre meu trabalho. Disse que gostava muito do meu país, porque a imagem que ele mais conhecia era a do Cristo Redentor no Corcovado, de braços abertos, e não torturado numa cruz. Queria saber tudo e volta e meia me perguntava se as mulheres eram tão bonitas como as daqui. O calor durante o dia era quase insuportável, e em todos os bares e cidadezinhas que chegávamos as pessoas reclamavam da seca. Por causa do calor, deixamos de andar entre as duas e as quatro horas da tarde — quando o sol estava mais quente — e nos adaptamos ao costume espanhol da sesta.

Naquela tarde, enquanto descansávamos no meio de uma plantação de olivas, um velho camponês havia se aproximado e nos oferecido um gole de vinho. Mesmo com o calor, o hábito do vinho havia séculos fazia parte da vida dos habitantes daquela região.

— E por que o Amor foi assassinado ali? — perguntei, já que o velho estava querendo entabular conversa.

— Faz muitos séculos, Felícia de Aquitânia, uma princesa que fazia o Caminho de Santiago, resolveu renunciar a tudo e ficar morando aqui, quando voltou de Compostela. Era o verdadeiro Amor, porque dividiu os seus bens com os pobres da região e cuidava dos enfermos.

Petrus tinha acendido seu horrível fumo de rolo, mas, apesar do ar indiferente, percebi que estava prestando atenção na história do velho.

— Então seu irmão, o duque Guillermo, foi mandado pelo pai para levá-la de volta — continuou ele —, mas Felícia se recusou. Desesperado, o duque apunhalou-a dentro da pequena ermida que você vê ao longe e que ela construíra com as próprias mãos, para cuidar dos pobres e louvar a Deus.

"Depois que caiu em si e percebeu o que havia feito, o duque foi a Roma pedir perdão ao papa. Como penitência, o pontífice o obrigou a peregrinar até Compostela. Foi então que algo curioso aconteceu: na volta, ao chegar aqui, ele sentiu o mesmo impulso e ficou morando na ermida que a irmã havia construído, cuidando dos pobres até os últimos dias de sua longa vida."

— Essa é a lei do retorno — disse Petrus, sorrindo.

O camponês não entendeu o comentário, mas eu sabia exatamente o que ele estava dizendo. Enquanto andávamos, havíamos nos envolvido em longas discussões teológicas sobre a relação de Deus com os homens. Eu havia argumentado que na Tradição existe sempre um envolvimento com Deus, mas o caminho era completamente distinto daquele que estávamos seguindo na Rota Jacobea — com padres bruxos, ciganos endemoninhados e santos milagreiros. Tudo aquilo me parecia muito primitivo, ligado demais ao cristianismo e sem o fascínio e o êxtase que os Rituais da Tradição eram capazes de provocar em mim. Petrus sempre falava que o Caminho de Santiago é um caminho por onde qualquer pessoa pode passar, e só um caminho desse tipo pode levar a Deus.

— Você acha que Deus existe e eu também acho — havia falado Petrus. — Então, Deus existe para nós. Mas, se alguém não crê nele, ele não deixa de existir, mas nem por isso a pessoa que não crê está errada.

— Então Deus está limitado ao desejo e ao poder do homem?

— Certa vez tive um amigo que vivia bêbado, mas que rezava toda noite três ave-marias porque sua mãe o condicionara desde pequenino. Mesmo quando chegava em casa na maior embriaguez, mesmo sem acreditar em Deus, meu amigo sempre rezava as três ave-marias. Quando morreu, em um Ritual da Tradição perguntei ao espírito dos Antigos onde estava este meu amigo. O espírito dos Antigos respondeu que ele estava muito bem, cercado de luz. Sem ter tido fé durante a vida, a sua obra — que consistia apenas nas três orações rezadas por obrigação e automaticamente — o havia salvado.

"Deus já esteve presente nas cavernas e nos trovões de nossos antepassados; depois que o homem descobriu que essas coisas eram fenômenos naturais, ele passou a habitar alguns animais e bosques sagrados. Houve uma época em que existiu apenas nas catacumbas das grandes cidades da História antiga. Mas, durante todo esse tempo, ele não deixou de fluir no coração do homem sob a forma de Amor.

"Hoje em dia Deus é apenas um conceito, quase provado cientificamente. Mas, quando chega a este ponto, a História dá uma volta e começa tudo de novo. A Lei do Retorno. Quando o Padre Jordi citou a frase de Cristo, dizendo que onde estivesse o seu tesouro também ali estaria o seu coração, ele estava se referindo exatamente a isto. Onde você desejar ver a face de Deus, você a verá. E, se não quiser vê-la, isto não faz a mínima diferença, desde que sua obra seja boa. Quando Felícia de Aquitânia construiu a ermida e passou a ajudar os pobres, ela esqueceu o Deus do Vaticano e passou a manifestá-lo em sua maneira mais primitiva e mais sábia: o Amor. Neste ponto, o camponês tem toda a razão em dizer que o Amor foi assassinado."

O camponês, aliás, estava pouco à vontade, incapaz de acompanhar nossa conversa.

— A Lei do Retorno funcionou quando o irmão de Felícia foi forçado a continuar a obra que havia interrompido. Tudo é permitido, menos interromper uma manifestação de Amor. Quando isto acontece, quem tentou destruir é obrigado a reconstruir.

Expliquei que no meu país a Lei do Retorno dizia que as deformidades e as doenças dos homens eram castigos por erros cometidos em reencarnações passadas.

— Tolice — disse Petrus. — Deus não é vingança, Deus é Amor. Sua única punição consiste em obrigar alguém que interrompeu uma obra de Amor a continuá-la.

O camponês pediu licença, disse que estava tarde e que precisava voltar ao trabalho. Petrus achou um bom pretexto para nos levantarmos e continuarmos a caminhada.

— Isto é jogar conversa fora — disse ele enquanto seguíamos pelo campo de oliveiras. — Deus está em tudo o que nos cerca e deve ser pressentido, vivido. Estou aqui tentando transformá-lo num problema de lógica para que você compreenda. Continue fazendo o exercício de andar devagar e irá tomar conhecimento, cada vez mais, da presença dele.

Dois dias depois tivemos que subir um monte chamado de Alto do Perdão. A subida demorou várias horas e, quando chegamos lá em cima, vi uma cena que me chocou: um grupo de turistas, com o rádio do carro a todo o volume, tomava banho de sol e bebia cerveja. Eles tinham aproveitado uma estrada vicinal que levava até o alto do monte.

— É assim mesmo — disse Petrus. — Ou você acha que ia encontrar aqui em cima um dos guerreiros de El Cid vigiando o próximo ataque dos mouros?

Enquanto descíamos, realizei pela última vez o exercício da velocidade. Estávamos diante de mais uma planície imensa, ladeada por montes azulados e com uma vegetação rasteira queimada pela seca. Não havia quase árvores, apenas um terreno pedregoso com alguns espinheiros. No final do exercício, Petrus me perguntou alguma coisa sobre meu trabalho, e só então me dei conta de que havia muito tempo não pensava nisso. Minhas preocupações com os negócios, com o que tinha deixado por fazer, praticamente já não existiam. Só me lembrava dessas coisas à noite, e mesmo assim não dava muita importância. Estava contente de estar ali, fazendo o Caminho de Santiago.

— Qualquer hora você vai fazer que nem Felícia de Aquitânia — brincou Petrus quando comentei com ele o que estava sentindo. Depois, parou e pediu que eu deixasse a mochila no chão.

— Olhe em volta e fixe a visão em um ponto qualquer — disse.

Escolhi a cruz de uma igreja que conseguia ver ao longe.

— Mantenha seus olhos fixos nesse ponto e procure concentrar-se apenas no que vou lhe falar. Mesmo que você sinta qualquer coisa diferente, não se distraia. Faça como estou dizendo.

Fiquei em pé, relaxado, com os olhos fixos na torre, enquanto Petrus colocou-se por detrás de mim e comprimiu um dedo na base da minha nuca.

— O caminho que você está fazendo é o caminho do Poder, e só os exercícios de Poder lhe serão ensinados. A viagem, que antes era uma tortura porque você queria apenas chegar, agora começa a transformar-se em prazer, no prazer da busca e da aventura. Com isto você está alimentando uma coisa muito importante, que são seus sonhos.

"O homem nunca pode parar de sonhar. O sonho é o alimento da alma, como a comida é o alimento do corpo.

Muitas vezes, em nossa existência, vemos nossos sonhos desfeitos e nossos desejos frustrados, mas é preciso continuar sonhando, senão nossa alma morre e Ágape não penetra nela. Muito sangue já rolou no campo diante dos seus olhos, e aí foram travadas algumas das batalhas mais cruéis da Reconquista. Quem estava com a razão, ou com a verdade, não tem importância: o importante é saber que ambos os lados estavam combatendo o Bom Combate.

"O Bom Combate é aquele que é travado porque o nosso coração pede. Nas épocas heroicas, no tempo dos cavaleiros andantes, isso era fácil — havia muita terra para conquistar e muita coisa que fazer. Hoje em dia, porém, o mundo mudou muito e o Bom Combate foi transportado dos campos de batalha para dentro de nós mesmos.

"O Bom Combate é aquele que é travado em nome de nossos sonhos. Quando eles explodem em nós com todo o seu vigor — na juventude —, nós temos muita coragem, mas ainda não aprendemos a lutar. Depois de muito esforço, terminamos aprendendo a lutar, e então já não temos a mesma coragem para combater. Por causa disso, nos voltamos contra nós e combatemos a nós mesmos, e passamos a ser nosso pior inimigo. Dizemos que nossos sonhos eram infantis, difíceis de realizar, ou fruto de nosso desconhecimento das realidades da vida. Matamos nossos sonhos porque temos medo de combater o Bom Combate."

A pressão do dedo de Petrus na minha nuca tornou-se mais intensa. Julguei que a torre da igreja se transformava — o contorno da cruz parecia um homem de asas. Um anjo. Pisquei e a cruz voltou a ser o que era.

— O primeiro sintoma de que estamos matando nossos sonhos é a falta de tempo — continuou Petrus. — As pessoas mais ocupadas que conheci na vida sempre tinham tempo para tudo. As que nada faziam estavam sempre cansadas, não davam conta do pouco trabalho que precisavam realizar e se queixavam constantemente de que o dia era curto demais. Na verdade, elas tinham medo de combater o Bom Combate.

"O segundo sintoma da morte de nossos sonhos são nossas certezas. Porque não queremos olhar a vida como uma grande aventura a ser vivida, passamos a nos julgar sábios, justos e corretos no pouco que pedimos da existência. Olhamos para além das muralhas do dia a dia e ouvimos o ruído de lanças que se quebram, o cheiro de suor e de pólvora, as grandes quedas e os olhares sedentos de conquista dos guerreiros. Mas nunca percebemos a alegria, a imensa Alegria que está no coração de quem luta, porque para estes não importa nem a vitória nem a derrota, importa apenas combater o Bom Combate.

"Finalmente, o terceiro sintoma da morte de nossos sonhos é a paz. A vida passa a ser uma tarde de domingo, sem nos pedir grandes coisas e sem exigir mais do que queremos dar. Achamos então que estamos maduros, deixamos de lado as fantasias da infância e conseguimos nossa realização pessoal e profissional. Ficamos surpresos quando alguém de nossa idade diz que quer ainda isto ou aquilo da vida. Mas na verdade, no íntimo de nosso coração, sabemos que o que aconteceu foi que renunciamos à luta por nossos sonhos, a combater o Bom Combate."

A torre da igreja transformava-se a toda hora e em seu

lugar parecia surgir um anjo com asas abertas. Por mais que eu piscasse, a figura permanecia lá. Tive vontade de falar com Petrus, mas senti que ele ainda não havia acabado.

— Quando renunciamos aos nossos sonhos e encontramos a paz — disse ele depois de um tempo —, temos um pequeno período de tranquilidade. Mas os sonhos mortos começam a apodrecer dentro de nós e infestar todo o ambiente em que vivemos. Começamos a nos tornar cruéis com aqueles que nos cercam e, finalmente, passamos a dirigir essa crueldade contra nós mesmos. Surgem as doenças e as psicoses. O que queríamos evitar no combate — a decepção e a derrota — passa a ser o único legado de nossa covardia. E, um belo dia, os sonhos mortos e apodrecidos tornam o ar difícil de respirar e passamos a desejar a morte, a morte que nos livrasse de nossas certezas, de nossas ocupações e daquela terrível paz das tardes de domingo.

Agora eu tinha certeza de que estava vendo mesmo um anjo e não consegui mais acompanhar as palavras de Petrus. Ele deve ter percebido isto, pois tirou o dedo da minha nuca e parou de falar. A imagem do anjo permaneceu por alguns instantes e depois desapareceu. Em seu lugar, surgiu novamente a torre da igreja.

Ficamos alguns minutos em silêncio. Petrus enrolou um cigarro e começou a fumar. Eu tirei da mochila uma garrafa de vinho e bebi um gole. Estava quente, mas o sabor continuava o mesmo.

— O que você viu? — perguntou ele.

Contei a história do anjo. Disse que no começo, quando piscava, a imagem desaparecia.

— Também você tem que aprender a combater o Bom Combate. Já aprendeu a aceitar as aventuras e os desafios da vida, mas continua querendo negar o extraordinário.

Petrus tirou da mochila um pequeno objeto e me entregou. Era um alfinete de ouro.

— Isto é um presente de meu avô. Na Ordem de RAM, todos os Antigos possuíam um objeto como este. Chama-se "O Ponto da Crueldade". Quando você viu o anjo aparecer na torre da igreja, quis negá-lo. Porque não era uma coisa com a qual você estivesse acostumado. Na sua visão de mundo, as igrejas são igrejas e as visões só podem acontecer nos êxtases provocados pelos Rituais da Tradição.

Respondi que a visão deve ter sido efeito da pressão que ele exercia na minha nuca.

— Está certo, mas não muda nada. O fato é que você rejeitou a visão. Felícia de Aquitânia deve ter visto algo semelhante, e apostou toda a sua vida no que viu: o resultado é que transformou sua obra em Amor. O mesmo deve ter acontecido com o irmão dela. E o mesmo acontece com todo mundo, todos os dias: vemos sempre o melhor caminho a seguir, mas só andamos pelo caminho a que estamos acostumados.

Petrus recomeçou a caminhar, e eu o segui. Os raios de sol faziam brilhar o alfinete na minha mão.

— A única maneira de salvarmos nossos sonhos é sermos generosos conosco. Qualquer tentativa de autopunição, por mais sutil que seja, deve ser tratada com rigor. Para saber quando estamos sendo cruéis conosco, temos que transformar em dor física qualquer tentativa de dor espiritual: como culpa, remorso, indecisão, covardia. Transformando uma dor espiritual em dor física, saberemos o mal que ela pode nos causar.

E Petrus me ensinou o EXERCÍCIO DA CRUELDADE.

— Antigamente eles usavam um alfinete de ouro para isto — disse ele. — Hoje em dia as coisas mudaram, como mudam as paisagens no Caminho de Santiago.

Petrus tinha razão. Vista de baixo, a planície parecia uma série de morros à minha frente.

— Pense em algo cruel que você fez hoje consigo mesmo e execute o exercício.

Eu não conseguia me lembrar de nada.

— Sempre é assim. Só conseguimos ser generosos conosco nas poucas horas que precisamos de severidade.

De repente lembrei-me de que havia me julgado um idiota por subir o Alto do Perdão com tanta dificuldade, enquanto aqueles turistas tinham conseguido o caminho mais fácil. Sabia que não era verdade, que eu estava sendo cruel comigo mesmo; os turistas estavam em busca de sol e eu estava em busca de minha espada. Eu não era um idiota e nem podia me sentir como tal. Cravei com força a unha do indicador na raiz da unha do polegar. Senti uma dor intensa e, enquanto me concentrava na dor, a sensação de que era um idiota passou.

Comentei com Petrus e ele riu sem dizer nada.

Naquela noite ficamos num aconchegante hotel da cidadezinha cuja igreja eu havia visto de longe. Depois

O EXERCÍCIO DA CRUELDADE

Toda vez que um pensamento que você acha que lhe faz mal passar-lhe pela cabeça – ciúme, autopiedade, sofrimentos de amor, inveja, ódio etc. – proceda da seguinte maneira:

Crave a unha do indicador na raiz da unha do polegar, até que a dor seja bem intensa. Concentre-se na dor: ela está refletindo no campo físico o mesmo sofrimento que você está tendo no campo espiritual. Só afrouxe a pressão quando o pensamento lhe sair da cabeça.

Repita quantas vezes for necessário, mesmo que seja uma atrás da outra, até que o pensamento o abandone. Cada vez, o pensamento voltará mais espaçadamente, e sumirá por completo, desde que você não deixe de cravar a unha toda vez que ele voltar.

do jantar, resolvemos dar um passeio pelas ruas, para fazer a digestão.

— De todas as maneiras que o homem encontrou para fazer mal a si mesmo, a pior delas foi o Amor. Estamos sempre sofrendo por alguém que não nos ama, por alguém que nos deixou, por alguém que não quer nos deixar. Se estamos solteiros é porque ninguém nos quer, se estamos casados transformamos o casamento em escravidão. Que coisa terrível — completou mal-humorado.

Chegamos em frente de uma pequena praça, onde estava a igreja que eu havia visto. Era pequena, sem grandes sofisticações arquitetônicas, e seu campanário elevava-se para o céu. Tentei ver de novo o anjo e não consegui.

Petrus ficou olhando a cruz lá em cima. Pensei que estivesse vendo o anjo, mas não; logo começou a falar comigo.

— Quando o Filho do Pai desceu à terra, ele trouxe o Amor. Mas, como a humanidade só consegue entender o amor com sofrimento e sacrifício, terminaram por crucificá-lo. Se não fosse assim, ninguém acreditaria em seu amor, já que todos estavam acostumados a sofrer diariamente com suas próprias paixões.

Sentamos no meio-fio e continuamos a olhar a igreja. Mais uma vez foi Petrus quem quebrou o silêncio.

— Sabe o que quer dizer Barrabás, Paulo? *Bar* quer dizer filho, e *Abba* quer dizer pai.

Ele olhava fixamente para a cruz no campanário. Seus olhos brilhavam, e senti que estava possuído por alguma coisa, talvez por esse amor do qual falava tanto, mas que eu não conseguia entender direito.

— Como são sábios os desígnios da glória divina! — disse, fazendo com que sua voz ecoasse pela praça vazia. — Quando Pilatos pediu que o povo escolhesse, na verdade não lhe deu opção. Mostrou um homem flagelado, em pedaços, e outro homem de cabeça erguida, Barrabás, o revolucionário. Deus sabia que o povo ia enviar o mais fraco para a morte, para que ele pudesse provar seu amor.

E concluiu:

— E, no entanto, fosse qual fosse a escolha, o Filho do Pai é que terminaria sendo crucificado.

O mensageiro

"E aqui, todos os caminhos de Santiago se transformam em um só."

Era de manhã bem cedinho quando chegamos a Puente La Reina. A frase estava escrita na base de uma estátua — um peregrino em trajes medievais, com chapéu de três bicos, capa, vieiras, o cajado com a cabaça na mão — e lembrava a epopeia de uma viagem já quase esquecida, que eu e Petrus estávamos revivendo agora.

Tínhamos passado a noite anterior num dos muitos conventos que se estendiam por todo o Caminho. O Irmão Porteiro, que nos havia recebido, avisou que não podíamos trocar qualquer palavra dentro dos muros da abadia. Um frade jovem conduziu cada um a sua alcova, onde havia estritamente o necessário: uma cama dura, lençóis velhos mas limpos, uma jarra de água e uma bacia para a higiene pessoal. Não havia encanamento nem água quente, e o horário das refeições estava marcado atrás da porta.

Na hora indicada, descemos para o refeitório. Por causa do voto de silêncio, os monges comunicavam-se apenas por olhares, e tive a impressão de que seus olhos brilhavam mais que os de uma pessoa comum. A ceia foi servida cedo, nas mesas compridas onde nos havíamos sentado com os monges de hábitos marrons. Do lugar onde estava, Petrus me fez um sinal e entendi perfeitamente o que queria dizer: estava louco para acender um cigarro, mas pelo visto ia passar a noite inteira sem satisfazer o seu desejo. O mesmo acontecia comigo, e eu cravei a unha na raiz do polegar já quase em carne viva. O momento era belo demais para cometer qualquer crueldade comigo mesmo.

O jantar foi servido: sopa de legumes, pão, peixe e vinho. Todos rezaram e nós acompanhamos a prece. Depois, enquanto comíamos, um monge leitor dizia em voz monótona trechos de uma epístola de Paulo.

— Deus escolheu as coisas loucas do mundo para envergonhar os sábios, e escolheu as coisas fracas do mundo para humilhar os fortes — dizia o monge com sua voz aguda e sem inflexões. — Nós somos loucos por causa de Cristo. Até agora chegamos a ser considerados o lixo do mundo, a escória de todos. Entretanto, o Reino de Deus consiste não em palavras, mas em Poder.

As admoestações de Paulo aos Coríntios ecoaram durante toda a refeição pelas paredes nuas do refeitório.

Entramos em Puente La Reina conversando sobre os monges da noite anterior. Eu confessei a Petrus que havia fumado escondido no quarto, morto de medo de que alguém sentisse o cheiro de tabaco. Ele riu e percebi que deve ter feito o mesmo.

— São João Batista foi para o deserto, mas Jesus juntou-se aos pecadores e vivia viajando — disse. — Prefiro assim.

De fato, afora o tempo passado no deserto, o resto da vida de Cristo foi entre os homens.

— Inclusive, seu primeiro milagre não foi salvar a alma de alguém, nem curar uma doença ou expulsar demônio; foi transformar água em vinho excelente num casamento, porque a bebida do dono da casa havia acabado.

Quando acabou de dizer isto, ele parou de repente. Seu movimento foi tão brusco que eu parei também, assustado. Estávamos diante da ponte que dá nome à cidadezinha. Petrus, porém, não olhava para o caminho que tínhamos que cruzar. Seus olhos estavam fixos em dois meninos, que brincavam com uma bola de borracha na margem do rio. Deviam ter entre oito e dez anos e pareciam não haver notado nossa presença. Em vez de cruzar a ponte, Petrus desceu o barranco e chegou perto dos garotos. Eu, como sempre, o segui sem perguntar nada.

Os meninos continuaram ignorando nossa presença. Petrus sentou-se e ficou acompanhando a brincadeira, até que a bola caiu perto de onde ele estava. Num movimento rápido, pegou a bola e atirou-a para mim.

Segurei a bola de borracha no ar e fiquei esperando o que ia acontecer.

Um dos meninos — que parecia o mais velho — aproximou-se. Meu primeiro impulso foi devolver-lhe a bola, mas o comportamento de Petrus havia sido tão extravagante que resolvi tentar saber o que estava acontecendo.

— Me dá a bola, moço — disse o garoto.

Olhei aquela figura pequena, a dois metros de mim. Percebi que havia algo de familiar no menino, o mesmo sentimento que eu tivera quando encontrei o cigano.

O garoto insistiu algumas vezes e, vendo que eu não respondia, abaixou-se e pegou uma pedra.

— Me dá a bola ou vou lhe jogar esta pedra — disse ele.

Petrus e o outro menino me observavam, em silêncio. A agressividade do garoto me irritou.

— Jogue a pedra — respondi. — Se me acertar, vou até aí e lhe dou uma surra.

Senti que Petrus respirou aliviado. Alguma coisa começava a querer surgir nos subterrâneos de minha cabeça. Tinha a nítida sensação de que já havia vivido aquela cena.

O garoto ficou assustado com minhas palavras. Largou a pedra no chão e tentou de outro modo.

— Aqui em Puente La Reina existe um relicário que pertenceu a um peregrino muito rico. Vejo pela concha e por sua mochila que os senhores também são peregrinos. Se devolver minha bola, eu lhe dou esse relicário. Ele está escondido na areia, aqui nas margens do rio.

— Eu quero a bola — respondi sem muita convicção. Na verdade, eu queria mesmo era o relicário. O garoto parecia estar falando a verdade. Mas talvez Petrus precisasse daquela bola para alguma coisa, e eu não podia decepcioná-lo; ele era o meu guia.

— Moço, o senhor não precisa desta bola — disse o garoto, quase com lágrimas nos olhos. — O senhor é forte, viajado e conhece o mundo. Eu só conheço as margens deste rio e meu único brinquedo é esta bola. Me devolva a bola, por favor.

As palavras do garoto tocaram fundo no meu coração. Mas o ambiente, estranhamente familiar, a sensação de que já tinha lido ou vivido aquela situação, me fez resistir mais uma vez.

— Não. Eu preciso desta bola. Vou lhe dar dinheiro para comprar outra, mais bonita que esta, mas esta aqui é minha.

Quando acabei de dizer isso, o tempo pareceu parar. A paisagem à minha volta se transformou, sem que Petrus estivesse pressionando o dedo na base da minha nuca: por uma fração de segundo, parecia que tínhamos sido transportados a um vasto e aterrorizante deserto cinzento. Ali não estavam nem Petrus nem o outro garoto, apenas eu e o menino à minha frente. Ele era mais velho, tinha feições simpáticas e amigas, mas em seus olhos brilhava alguma coisa que me dava medo.

A visão não durou mais que um segundo. No momento seguinte eu estava de volta a Puente La Reina, onde os muitos caminhos de Santiago, vindos de diversos pontos da Europa, se transformavam em um só. Na minha frente, um menino pedia uma bola e tinha o olhar doce e triste.

Petrus se aproximou, tirou a bola de minha mão e a devolveu ao garoto.

— Onde está o relicário escondido? — perguntei ao menino.

— Que relicário? — respondeu o menino, enquanto pegava seu amigo pelas mãos e corria para longe de nós, atirando-se na água.

Subimos de novo o barranco e finalmente cruzamos a ponte. Eu comecei a fazer perguntas sobre o que tinha acontecido, falei da visão do deserto, mas Petrus mudou de assunto e disse que íamos conversar sobre isso quando estivéssemos um pouco longe dali.

Meia hora depois chegamos a um trecho do caminho que ainda conservava vestígios do calçamento romano. Ali havia outra ponte, em ruínas, e nos sentamos para tomar o café da manhã que nos fora dado pelos monges: pão de centeio, iogurte e queijo de cabra.

— Para que você queria a bola do garoto? — perguntou Petrus.

Respondi que não queria a bola. Que tinha agido assim porque ele, Petrus, havia se comportado de maneira estranha. Como se a bola fosse algo muito importante para ele.

— E de fato era. Fez com que você travasse um contato vitorioso com seu demônio pessoal.

Meu demônio pessoal? Eu nunca tinha ouvido semelhante absurdo em toda aquela caminhada. Passara seis dias indo e vindo nos Pireneus, conhecera um padre bruxo que não havia feito nenhuma bruxaria e meu dedo estava em carne viva porque, sempre que pensava alguma coisa cruel em relação a mim mesmo — hipocondria, sentimento de culpa, complexo de inferioridade —, eu era obrigado a cravar minha unha na ferida. Neste ponto, Petrus tinha razão: os pensamentos negativos diminuíram consideravelmente. Mas essa história de demônio pessoal era algo que eu nunca tinha ouvido falar antes. E que não ia engolir com muita facilidade.

— Hoje, antes de cruzar a ponte, senti intensamente a presença de alguém, tentando nos dar um aviso. Mas o aviso era mais para você que para mim. Uma luta se aproxima rápido e você precisa combater o Bom Combate.

"Quando não se conhece o demônio pessoal, ele costuma manifestar-se na pessoa mais próxima. Olhei em volta e vi os meninos brincando — e deduzi que era ali que ele deveria dar seu aviso. Mas eu estava apostando apenas num palpite. Só tive certeza de que era seu demônio pessoal quando você se recusou a devolver a bola."

Eu disse que tinha agido assim porque pensava que era isto que ele queria.

— Por que eu? Em momento algum eu disse qualquer coisa.

Comecei a me sentir um pouco tonto. Talvez fosse a comida, que eu estava devorando vorazmente depois de quase uma hora caminhando em jejum. Ao mesmo tempo, a sensação de que o garoto me era familiar não me saía da cabeça.

— Seu demônio pessoal o tentou de três maneiras clássicas: com uma ameaça, com uma promessa e com seu lado frágil. Meus parabéns: você resistiu bravamente.

Agora eu lembrava que Petrus havia perguntado ao garoto sobre o relicário. Na hora eu tinha pensado que o menino havia tentado me enganar. Mas devia existir mesmo um relicário ali escondido — um demônio nunca faz promessas falsas.

— Quando o garoto não conseguiu mais se lembrar do relicário, é que seu demônio pessoal já havia partido.

E disse sem piscar:

— É hora de chamá-lo de volta. Você vai precisar dele.

Estávamos sentados na velha ponte em ruínas. Petrus juntou cuidadosamente os restos de comida, guardando tudo dentro do saco de papel que os monges nos tinham dado. No campo a nossa frente, os trabalhadores começavam a chegar para a lavoura, mas estavam tão distantes que eu não conseguia ouvir o que diziam. O terreno era todo ondulado e as terras cultivadas formavam misteriosos desenhos na paisagem. Sob nossos pés, o curso de água, quase morto pela seca, não fazia muito barulho.

— Antes de sair pelo mundo, Cristo foi conversar com seu demônio pessoal no deserto — começou Petrus. — Aprendeu o que precisava saber sobre o homem, mas não deixou que o demônio ditasse as regras do jogo, e desta maneira o venceu.

"Certa vez, um poeta disse que nenhum homem é uma ilha. Para combater o Bom Combate, precisamos de ajuda. Precisamos de amigos e, quando os amigos não estão por perto, temos que transformar a solidão em nossa principal arma. Tudo o que nos cerca pode servir de ajuda para dar os passos que precisamos em direção ao nosso objetivo. Tudo tem que ser uma manifestação pessoal de nossa vontade de vencer o Bom Combate. Sem isto, sem perceber que precisamos de todos e de tudo, seremos guerreiros arrogantes. E nossa arrogância nos derrotará no final, porque vamos estar de tal modo seguros de nós mesmos que não seremos capazes de perceber as armadilhas do campo de batalha."

A história de guerreiros e de combates me lembrou mais uma vez o D. Juan de Carlos Castañeda. Eu me perguntei se o velho bruxo índio costumava dar lições de manhã, antes que seu discípulo pudesse digerir o desjejum. Mas Petrus continuou:

— Além das forças físicas que nos cercam e nos ajudam, existem basicamente duas forças espirituais ao nosso lado: um anjo e um demônio. O anjo nos protege sempre, e isto é um dom divino — não é necessário invocá-lo. A face do seu anjo está sempre visível quando você vê o mundo com os olhos belos. Ele é este riacho, os trabalhadores no campo, este céu azul. Aquela velha ponte que nos ajuda a atravessar a água, e que foi colocada ali por mãos anônimas de legionários romanos, também nela está a face do teu anjo. Nossos avós o conheciam por anjo guardião, anjo da guarda, anjo custódio.

"O demônio também é um anjo, mas é uma força livre, rebelde. Prefiro chamá-lo de Mensageiro, já que ele é o principal elo entre você e o mundo. Na Antiguidade era representado por Mercúrio, por Hermes Trimegisto, o Mensageiro dos deuses. Sua atuação é apenas no plano material. Está presente no ouro da Igreja, porque o ouro vem da terra e a terra é seu domínio. Está presente no nosso trabalho e na nossa relação com o dinheiro. Quando o deixamos solto, sua tendência é dispersar-se. Quando o exorcizamos, perdemos tudo de bom que ele sempre tem para nos ensinar, pois conhece muito do mundo e dos homens. Quando nos fascinamos pelo seu poder, ele nos possui e nos afasta do Bom Combate.

"Portanto, a única maneira de lidar com nosso Mensageiro é aceitando-o como amigo. Ouvindo seus conselhos, pedindo ajuda quando necessário, mas nunca deixando que ele dite as regras. Como você fez com o garoto. Para isto, é preciso, primeiro, que você saiba o que quer e, depois, que você conheça sua face e seu nome."

— Como vou saber isto? — perguntei.

E Petrus me ensinou o RITUAL DO MENSAGEIRO.

— Deixe para realizá-lo à noite, porque é mais fácil. Hoje, no seu primeiro encontro, ele lhe revelará seu nome. Este nome é secreto e não deve jamais ser conhecido por ninguém, nem por mim. Quem souber o nome de seu Mensageiro pode lhe destruir.

Petrus levantou-se e nós começamos a caminhar. Em pouco tempo chegamos ao campo onde os lavradores trabalhavam a terra. Trocamos alguns "buenos días" e seguimos caminho.

— Se eu tivesse que utilizar uma imagem, diria que o anjo é a tua armadura e o Mensageiro, a tua espada. Uma armadura protege em qualquer circunstância, mas uma espada pode cair no meio de um combate, matar um amigo ou voltar-se contra o próprio dono. Alício, uma espada serve para quase tudo, menos para sentar-se em cima dela — disse soltando uma gostosa gargalhada.

Paramos numa aldeia para o almoço e o rapaz que nos atendeu estava visivelmente de mau humor. Não respondia a nossas perguntas, colocou a comida de qualquer maneira e, no final conseguiu derramar um pouco de café na bermuda de Petrus. Vi então meu guia transformar-se: enfurecido, foi chamar o dono e esbravejava contra a falta de educação do rapaz. Terminou indo ao

O RITUAL DO MENSAGEIRO

1) Sente-se e relaxe completamente. Deixe a mente vagar por onde quiser, o pensamento fluindo sem controle. Depois de algum tempo, comece a repetir para si mesmo: "Eu agora estou relaxado e meus olhos dormem o sono do mundo".

2) Quando sentir que sua mente não se preocupa mais com nada, imagine uma coluna de fogo à sua direita. Faça as chamas ficarem vivas, brilhantes. Então diga em voz baixa: "Eu ordeno que meu subconsciente se manifeste. Ele se abre para mim e revela seus segredos mágicos". Aguarde um pouco, concentrando-se apenas na coluna de fogo. Se surgir alguma imagem, ela será uma manifestação do seu subconsciente. Procure guardá-la.

3) Mantendo sempre a coluna de fogo à sua direita, comece agora a imaginar outra coluna de fogo à sua esquerda. Quando as chamas estiverem bem vivas, diga em voz baixa as seguintes palavras: "Que a força do Cordeiro, que se manifesta em tudo e em todos, manifeste-se também em mim enquanto invoco o meu Mensageiro. (Nome do Mensageiro) aparecerá para mim agora".

4) Converse com seu Mensageiro, que deverá manifestar-se entre as duas colunas. Discuta seu problema específico, peça conselhos e lhe dê as ordens necessárias.

5) Quando sua conversa acabar, despeça o Mensageiro com as seguintes palavras: "Agradeço ao Cordeiro o milagre que realizei. Que (nome do Mensageiro) volte sempre que invocado, e enquanto estiver distante esteja me ajudando a realizar minha obra".

Nota: Na primeira invocação – ou nas primeiras invocações, dependendo da capacidade de concentrar-se de quem está realizando o Ritual — não se diz o nome do Mensageiro. Diz-se apenas "Ele". Se o Ritual for bem executado, o Mensageiro deve revelar de imediato seu nome através de telepatia. Caso contrário, insista até conseguir saber este nome, e só a partir daí comece as conversas. Quanto mais o Ritual for repetido, mais forte será a presença do Mensageiro e mais rápidas serão suas ações.

banheiro colocar sua bermuda sobressalente, enquanto o dono lavava a mancha de café e estendia a peça para secar.

    Enquanto esperávamos que o sol das duas da tarde cumprisse seu papel na bermuda de Petrus, eu pensava em tudo aquilo que tínhamos conversado de manhã. É verdade que a maior parte das coisas que Petrus dissera sobre o menino se encaixava. Além do mais, eu tivera a visão de um deserto e de um rosto. Mas aquela história de Mensageiro me parecia muito primitiva. Estávamos em pleno século xx, e os conceitos de inferno, de pecado e de demônio já não faziam mais o menor sentido para qualquer pessoa um pouquinho mais inteligente. Na Tradição, cujos ensinamentos eu havia seguido durante muito mais tempo que o Caminho de Santiago, o Mensageiro — chamado de demônio mesmo, sem preconceitos — era um espírito que dominava as forças da Terra e que estava sempre a favor do homem. Era muito utilizado em Operações Mágicas, mas nunca como um aliado e conselheiro para as coisas diárias. Petrus tinha dado a entender que eu poderia utilizar a amizade do Mensageiro para melhorar no trabalho e no mundo. Além de profana, a ideia me parecia infantil.

    Mas eu havia jurado obediência total à Mme. Lourdes. E mais uma vez tive que cravar a unha na raiz do polegar, em carne viva.

    — Não devia ter-me exaltado — disse Petrus depois que saímos. — Afinal de contas, ele não derrubou a xícara sobre mim, mas sobre o mundo que o odeia. Sabe que existe um mundo gigantesco, além das fronteiras de sua própria imaginação, e sua participação nesse mundo se restringe a acordar cedo, ir à padaria, servir quem passa e masturbar-se de noite, sonhando com mulheres que nunca irá conhecer.

Era hora de pararmos para a sesta, mas Petrus resolveu continuar caminhando. Disse que era uma maneira de fazer penitência pela sua intolerância. Eu, que não tinha feito nada, tive que acompanhá-lo debaixo daquele sol forte. Pensava no Bom Combate e nos milhões de pessoas que, naquele instante, estavam espalhadas pelo planeta fazendo coisas de que não gostavam. O exercício da crueldade, embora me deixasse o dedo em carne viva, estava me fazendo muito bem. Essa prática me ajudou a perceber como minha mente podia ser traiçoeira, me empurrar para coisas que eu não queria e sentimentos que não me ajudavam. Naquele momento eu torci para que Petrus tivesse razão: para que existisse realmente um Mensageiro, com quem pudesse falar de coisas práticas e pedir ajuda nos assuntos do mundo. Fiquei ansioso para que a noite chegasse.

Petrus, entretanto, não parava de falar sobre o rapaz. Afinal, terminou se convencendo de que tinha agido certo, e utilizou para isto, mais uma vez, um argumento cristão.

— Cristo perdoou a mulher adúltera, mas amaldiçoou a figueira que não quis lhe dar um figo. Eu também não estou aqui para ser sempre bonzinho.

Pronto. Na cabeça dele o assunto estava resolvido. Mais uma vez a Bíblia o havia salvado.

* * *

Chegamos a Estella quase nove horas da noite. Tomei um banho e descemos para jantar. O autor do primeiro guia da Rota Jacobea, Aymeric Picaud, descreveu Estella como "um lugar fértil e de bom pão, ótimo vinho, carne e pescado. Seu rio Ega tem a água doce, sã e muito boa". Não bebi a água do rio, mas, quanto à mesa, Picaud continuava a ter razão, mesmo depois de oito séculos. Serviram perna de carneiro guisada, corações de alcachofra e um vinho Rioja de ótima safra. Ficamos à mesa durante longo tempo, conversando trivialidades e saboreando o vinho. Finalmente, Petrus disse que era uma boa hora para eu ter meu primeiro contato com o Mensageiro.

Levantamos e começamos a andar pelas ruas da cidade. Alguns becos davam diretamente no rio — à maneira de Veneza —, e foi num desses becos que resolvi me sentar. Petrus sabia que dali por diante era eu que conduzia a cerimônia, e ficou um pouco atrás.

Fiquei olhando o rio durante muito tempo. Suas águas, seu barulho, começaram a me desligar do mundo e a me inspirar uma profunda calma. Fechei os olhos e imaginei a primeira coluna de fogo. Houve um momento de certa dificuldade, mas ela terminou aparecendo.

Disse as palavras rituais e a outra coluna surgiu do meu lado esquerdo. O espaço entre as duas colunas, iluminado pelo fogo, estava completamente vazio. Fiquei durante algum tempo com os olhos fixos naquele espaço, procurando não pensar, para que o Mensageiro se manifestasse. Mas, em vez disso, começaram a aparecer cenas exóticas — a entrada de uma pirâmide, uma mulher vestida de ouro puro, alguns homens negros dançando em volta de uma fogueira. As imagens iam e vinham em rápida sucessão, e eu deixei que fluíssem sem qualquer controle. Apareceram também muitos trechos do Caminho que eu tinha feito com Petrus. Paisagens, restaurantes, florestas. Até que, sem qualquer aviso, o deserto cinzento que eu vira de manhã estendeu-se entre as duas colunas de fogo. E lá, me olhando, estava o homem simpático com um brilho traiçoeiro nos olhos.

Ele riu e eu sorri em meu transe. Mostrou-me uma bolsa fechada, depois abriu e olhou dentro — mas, da posição em que eu estava, não pude ver nada. Então um nome me veio à cabeça: Astrain.* Comecei a mentalizar este nome e vibrá-lo entre as duas colunas de fogo, e o Mensageiro fez um sinal afirmativo com a cabeça; eu tinha descoberto como se chamava.

Era o momento de encerrar o exercício. Disse as palavras rituais e extingui as colunas de fogo — primeiro a da esquerda, depois a da direita. Abri os olhos e o rio Ega estava diante de mim.

— Foi muito menos difícil do que eu imaginava — disse para Petrus, depois que lhe contei tudo o que havia passado entre as colunas.

— Este foi seu primeiro contato. Um contato de reconhecimento mútuo e de mútua amizade. A conversa com o Mensageiro irá ser produtiva se você invocá-lo to-

---

* Nome falso.

dos os dias, discutindo seus problemas com ele e sabendo distinguir perfeitamente o que é ajuda real do que é armadilha. Mantenha sempre em riste sua espada, quando encontrá-lo.

— Mas eu não tenho espada ainda — respondi.

— Por isso, ele poderá lhe causar muito pouco dano. Mesmo assim, é bom não facilitar.

O Ritual havia acabado, eu me despedi de Petrus e voltei para o hotel. Debaixo dos lençóis, pensava no pobre rapaz que nos servira o almoço. Tinha vontade de voltar, de ensinar-lhe o Ritual do Mensageiro e dizer que tudo podia mudar se ele assim desejasse. Mas era inútil tentar salvar o mundo: eu ainda não havia conseguido sequer salvar a mim mesmo.*

---

* O Ritual do Mensageiro está descrito de maneira incompleta. Na verdade, Petrus me falou do significado das visões, das lembranças da bolsa que Astrain me mostrou. Entretanto, como o encontro com o Mensageiro é diferente para cada pessoa, insistir na minha vivência pessoal seria influenciar de maneira negativa a experiência de cada um.

O amor

— Conversar com o Mensageiro não é ficar perguntando coisas sobre o mundo dos espíritos — disse Petrus no dia seguinte. — O Mensageiro só lhe serve para uma coisa: ajudar no mundo material. E ele só lhe dará esta ajuda se você souber exatamente o que deseja.

Tínhamos parado num povoado para beber alguma coisa. Petrus havia pedido uma cerveja e eu, um refrigerante. O descanso de meu copo era feito de plástico redondo com água colorida dentro. Meus dedos desenhavam figuras abstratas na água e eu estava preocupado.

— Você me disse que o Mensageiro havia se manifestado no garoto porque precisava me dizer algo.

— Algo urgente — confirmou ele.

Continuamos conversando sobre Mensageiros, anjos e demônios. Aceitar um uso tão prático dos mistérios da Tradição era difícil para mim. Petrus insistia na ideia de que temos sempre que buscar uma recompensa, e eu lembrava que Jesus dissera que os ricos não entrariam no reino dos céus.

— Jesus também recompensou o homem que soube multiplicar os talentos de seu amo. Além disso, não acreditaram nele só porque tinha uma boa oratória: precisou fazer milagres, dar recompensas aos que o seguiam.

— Ninguém vai falar mal de Jesus no meu bar — interrompeu o dono, que estava seguindo nossa conversa.

— Ninguém está falando mal de Jesus — respondeu Petrus. — Falar mal de Jesus é cometer pecados invocando seu nome. Como vocês fizeram aí nessa praça.

O dono do bar vacilou por um instante. Mas logo respondeu:

— Eu não tive nada a ver com isso. Era ainda uma criança.

— Os culpados são sempre os outros — resmungou Petrus.

O dono do bar saiu pela porta da cozinha. Perguntei sobre o que estavam falando.

— Faz cinquenta anos, em pleno século xx, um cigano foi queimado aí em frente. Acusado de bruxaria e de blasfemar contra a santa hóstia. O caso foi abafado pelas atrocidades da Guerra Civil Espanhola, e ninguém hoje em dia se lembra do assunto. Exceto os habitantes desta cidade.

— Como sabe disso, Petrus?

— Porque já percorri antes o Caminho de Santiago.

Continuamos bebendo no bar vazio. Fazia muito sol lá fora e era hora da sesta. Daí a pouco o dono do bar voltou com o pároco da aldeia.

— Quem são vocês? — perguntou o padre.

Petrus mostrou a vieira desenhada na mochila. Durante mil e duzentos anos os peregrinos haviam passado pelo caminho em frente do bar, e a tradição fazia com que cada peregrino fosse respeitado e acolhido em qualquer circunstância. O padre logo mudou de tom.

— Como é que peregrinos a caminho de Santiago falam mal de Jesus? — perguntou, num tom mais de catequese.

— Ninguém aqui estava falando mal de Jesus. Estávamos falando mal dos crimes cometidos em nome de Jesus. Como o cigano que foi queimado na praça.

A vieira na mochila de Petrus mudou também o tom da conversa do dono. Desta vez ele se dirigiu a nós com respeito.

— A maldição do cigano permanece até hoje — disse, sob o olhar reprovador do padre.

Petrus insistiu em saber como. O padre disse que eram histórias do povo, sem qualquer respaldo da Igreja. Mas o dono do bar prosseguiu:

— Antes de o cigano morrer, ele disse que a criança mais nova da aldeia iria receber e incorporar seus demônios. Quando essa criança ficasse velha e morresse, os demônios passariam para uma nova criança. E, assim, através dos séculos.

— A terra aqui é igual à terra das aldeias ao redor — disse o padre. — Quando elas sofrem a seca, nós sofremos também. Quando lá chove e tem boa colheita, nós também enchemos nossos celeiros. Nada aconteceu conosco que não tivesse também acontecido com as aldeias vizinhas. Essa história toda é uma grande fantasia.

— Nada aconteceu porque nós isolamos a Maldição — disse o dono do bar.

— Pois então vamos até ela — respondeu Petrus.

O padre riu e disse que era assim que se falava. O dono do bar fez o sinal da cruz. Mas nenhum dos dois se moveu.

Petrus pagou a conta e insistiu para que alguém nos levasse até aquela pessoa que tinha recebido a Maldição. O padre desculpou-se, dizendo que precisava voltar para a igreja, pois tinha interrompido um trabalho importante. E saiu antes que algum de nós pudesse dizer qualquer coisa.

O dono do bar olhou com medo para Petrus.

— Não se preocupe — disse meu guia. — Basta nos mostrar a casa onde ele vive. E nós vamos tentar libertar a cidade da Maldição.

O dono do bar saiu conosco para a rua poeirenta e brilhante com o sol quente da tarde. Caminhamos juntos até a saída do povoado, e ele nos apontou uma casa afastada, nas margens do Caminho.

— Nós sempre mandamos comida, roupas, tudo o que é necessário — desculpou-se. — Mas nem mesmo o padre vai até lá.

Despedimo-nos e caminhamos até a casa. O velho ficou esperando, pensando talvez que fôssemos passar adiante. Mas Petrus foi até a porta da frente e bateu. Quando olhei para trás, o dono do bar havia desaparecido.

Uma mulher de mais ou menos sessenta anos veio abrir a porta. Ao seu lado, um enorme cachorro preto abanava o rabo e parecia contente com a visita. A mulher perguntou o que queríamos. Disse que estava ocupada, lavando roupa, e que tinha deixado algumas panelas no fogo. Não pareceu surpresa com a visita. Deduzi que muitos peregrinos, que não sabiam da Maldição, devem ter batido naquela porta em busca de abrigo.

— Somos peregrinos a caminho de Compostela e

precisamos de um pouco de água quente — disse Petrus. — Sei que a senhora não irá recusar.

Meio a contragosto, a velha abriu a porta. Entramos numa pequena sala, limpa mas pobremente mobiliada. Havia um sofá com o forro rasgado, um aparador e uma mesa de fórmica com duas cadeiras. Em cima do aparador, uma imagem do Sagrado Coração de Jesus, alguns santos e um crucifixo feito de espelhos. Duas portas davam para a saleta: por uma delas eu podia enxergar o quarto. A mulher conduziu Petrus pela outra, que ia dar na cozinha.

— Tenho um pouco de água fervendo — disse ela. — Vou pegar uma vasilha e vocês podem logo seguir por onde vieram.

Fiquei sozinho com o imenso cachorro na sala. Ele abanava o rabo, contente e dócil. Pouco depois a mulher voltou com uma velha lata, encheu-a de água quente e a estendeu para Petrus.

— Pronto. Partam com a bênção de Deus.

Mas Petrus não se moveu. Tirou um saquinho de chá da mochila, colocou dentro da lata e disse que gostaria de dividir o pouco que tinha com ela, em agradecimento pela acolhida.

A mulher, visivelmente contrariada, trouxe duas xícaras e sentou-se com Petrus à mesa de fórmica. Continuei olhando o cachorro, enquanto ouvia a conversa dos dois.

— Disseram-me no povoado que havia uma maldição sobre esta casa — comentou Petrus, num tom corriqueiro.

Senti que os olhos do cachorro brilharam, como se tivesse entendido também a conversa. A velha imediatamente pôs-se de pé.

— Isto é mentira! Isto é superstição antiga! Por favor, acabe logo o seu chá que eu tenho muito que fazer.

O cão sentiu a súbita mudança de humor da mulher. Ficou imóvel em estado de alerta. Mas Petrus continuava com a mesma tranquilidade do início. Colocou lentamente o chá na xícara, levou-a aos lábios e devolveu à mesa sem beber uma gota.

— Está muito quente — disse. — Vamos esperar que esfrie um pouco.

A mulher não se sentou mais. Estava visivelmente incomodada com nossa presença e arrependida de ter aberto a porta. Reparou que eu estava olhando fixamente para o cão e chamou-o para o seu lado. O animal obedeceu, mas quando chegou perto dela tornou a olhar para mim.

— Foi para isso, meu caro Paulo — falou, olhando para mim. — Foi para isso que seu Mensageiro apareceu ontem na criança.

De repente me dei conta de que não era eu quem estava olhando o cão. Desde que havia entrado, aquele animal tinha me hipnotizado e mantido meus olhos fixos nos dele. Era o cão que estava me olhando e fazendo com que eu cumprisse sua vontade. Comecei a sentir uma grande preguiça, uma vontade de dormir naquele sofá rasgado, porque fazia muito calor lá fora e eu não estava com vontade de andar. Tudo aquilo me parecia estranho e eu tinha a sensação de que estava caindo numa armadilha. O cão me olhava fixamente, e quanto mais me olhava mais sono eu tinha.

— Vamos — disse Petrus, levantando-se e me estendendo a xícara de chá. — Tome um pouco, porque a senhora deseja que partamos logo.

Eu vacilei, mas consegui pegar a xícara e o chá quente me reanimou. Queria dizer alguma coisa, perguntar o nome do animal, mas a minha voz não saía. Alguma coisa dentro de mim havia despertado algo que Petrus não tinha me ensinado, mas que começava a manifestar-se. Era um desejo incontrolável de falar palavras estranhas, das quais nem eu mesmo sabia o sentido. Achei que Petrus tinha posto alguma coisa no chá. Tudo começou a ficar distante, e eu tinha apenas a vaga noção de que a mulher dizia para Petrus que tínhamos que ir embora. Senti um estado de euforia e resolvi dizer em voz alta as palavras estranhas que me passavam pela cabeça.

Tudo o que eu podia perceber naquela sala era o cão. Quando comecei a falar aquelas palavras estranhas, que nem eu mesmo entendia, percebi que o cão havia começado a rosnar. Ele estava compreendendo. Fiquei mais excitado e continuei a falar cada vez mais alto. O cão levantou-se e mostrou os dentes. Já não era mais o animal dócil que eu havia encontrado na chegada, mas alguma coisa ruim e ameaçadora, que podia me atacar a qualquer momento. Sabia que as palavras me protegiam e comecei a falar cada vez mais alto, dirigindo toda a minha força para o cão, sentindo que dentro de mim havia um poder diferente e que esse poder impedia que o animal me atacasse.

A partir daí, tudo começou a acontecer em câmera lenta. Notei que a mulher se aproximava aos berros de mim e tentava me empurrar para fora, e que Petrus segurava a mulher, mas o cão não dava a menor atenção à briga dos dois. Estava com os olhos fixos em mim, e levantou-se rosnando e mostrando os dentes. Tentei compreender a língua estranha que estava falando, mas, cada vez que parava para buscar algum sentido, o poder diminuía e o cão se aproximava, se tornava mais forte. Comecei então a gritar sem procurar entender, e a mulher começou a gritar também. O cão ladrava e me ameaçava, mas enquanto eu continuasse falando estaria seguro. Ouvi uma grande risada, mas não sei se ela existia ou se era fruto de minha imaginação.

De repente, como se tudo acontecesse ao mesmo tempo, a casa foi invadida por um vento, o cão deu um grande uivo e saltou em cima de mim. Eu levantei o braço para proteger o rosto, gritei uma palavra e esperei o impacto.

O cão atirou-se em cima de mim com todo o seu peso, e eu caí no sofá de plástico. Por alguns instantes nossos olhos ficaram fixos um no outro e, de repente, ele saiu correndo para fora.

Comecei a chorar copiosamente. Lembrei-me de minha família, de minha mulher e dos meus amigos. Experimentava uma gigantesca sensação de amor, uma alegria imensa e absurda, porque ao mesmo tempo eu estava consciente de toda aquela história com o cão. Petrus me pegou por um braço e me conduziu para fora, os dois sendo empurrados pela mulher. Olhei em volta e não havia mais sinal do cachorro. Abracei-me a Petrus e continuei chorando, enquanto caminhávamos debaixo do sol.

Não consegui recordar aquela caminhada e só voltei a mim sentado numa fonte, com Petrus jogando água no meu rosto e na minha nuca. Pedi um gole e ele disse que, se bebesse qualquer coisa agora, iria vomitar. Estava um pouco enjoado, mas me sentia bem. Um imenso amor, por tudo e por todos, havia me invadido. Olhei em volta e vi as árvores da beira da estrada, a pequena fonte onde havíamos parado, a brisa fresca e o canto dos passarinhos na mata. Estava vendo o rosto do meu anjo, conforme Petrus havia falado. Perguntei se estávamos longe da casa da mulher. Ele disse que tínhamos andado mais ou menos quinze minutos.

— Você deve estar querendo saber o que aconteceu — disse ele.

Na verdade, isto não tinha a menor importância. Eu estava contente com aquele Amor imenso que havia me invadido. O cachorro, a mulher, o dono do bar, tudo aquilo era uma lembrança distante, que parecia não ter nenhuma relação com o que eu estava sentindo agora. Disse a Petrus que gostaria de caminhar um pouco, porque me sentia bem.

Levantei-me e retomamos o Caminho de Santiago. Durante o resto da tarde não falei quase nada, imerso naquele sentimento agradável que parecia preencher tudo. De vez em quando pensava que Petrus havia colocado alguma droga no chá, mas isto não tinha a menor importância. Importante era ver os montes, os riachos, as flores na estrada, os traços gloriosos do rosto de meu anjo.

Chegamos a um hotel às oito horas da noite e eu ainda continuava — embora com menor intensidade — naquele estado de beatitude. O dono pediu meu passaporte para o registro e eu o entreguei.

— Você é do Brasil? Eu já estive lá. Fiquei num hotel na praia de Ipanema.

Aquela frase absurda me devolveu o sentido de realidade. Em plena Rota Jacobea, numa aldeia construída muitos séculos atrás, havia um hoteleiro que conhecia a praia de Ipanema.

— Estou pronto para conversar — eu disse a Petrus.
— Preciso saber tudo o que aconteceu hoje.

A sensação de beatitude havia passado. Em seu lugar, surgia de novo a Razão, com seus temores do desconhecido, com a urgente e absoluta necessidade de colocar de novo os pés na terra.

— Depois de jantar — respondeu ele.

Petrus pediu ao dono do hotel que ligasse a televisão mas tirasse o som. Disse que esta era a melhor maneira de eu ouvir tudo sem fazer muitas perguntas, porque parte de mim estaria olhando para o que se passava na tela. Perguntou até onde eu me lembrava do que tinha acontecido. Respondi que me lembrava de tudo, menos da parte em que caminhamos até a fonte.

— Isso não tem a menor importância na história — respondeu ele.

Na televisão, um filme sobre alguma coisa relacionada com minas de carvão começava a passar. As pessoas vestiam trajes do início do século.

— Ontem, quando pressenti a urgência de seu Mensageiro, sabia que um combate no Caminho de Santiago estava prestes a começar. Você está aqui para encontrar sua espada e aprender as Práticas de RAM. Mas, sempre que um guia conduz um peregrino, existe pelo menos uma circunstância que foge ao controle dos dois e que é uma espécie de teste prático do que está sendo ensinado. No seu caso, foi o encontro com o cão.

"Os detalhes da luta e o porquê dos muitos demônios num animal, eu lhe explicarei mais adiante. O importante agora é você entender que aquela mulher já estava acostumada com a Maldição. Tinha aceitado isso como se fosse uma coisa normal, e a mesquinhez do mundo lhe parecia algo bom. Aprendeu a satisfazer-se com muito pouco, quando a vida é generosa e quer sempre nos dar muito.

"Quando expulsou os demônios daquela pobre velha, você também desequilibrou seu universo. Outro dia conversamos sobre as crueldades que as pessoas são capazes de infligir a si mesmas. Muitas vezes, quando tentamos mostrar o bem, mostrar que a vida é generosa, elas rejeitam a ideia como se fosse coisa do demônio. Ninguém gosta de pedir muito da vida, porque tem medo da derrota. Mas quem deseja combater o Bom Combate precisa olhar o mundo como se fosse um tesouro imenso, que está ali esperando para ser descoberto e conquistado."

Petrus me perguntou se eu sabia o que estava fazendo ali, no Caminho de Santiago.

— Estou em busca da minha espada — respondi.

— E para que você quer a sua espada?

— Porque ela me trará o Poder e a Sabedoria da Tradição.

Senti que minha resposta não tinha lhe agradado completamente. Mas ele prosseguiu:

— Você está aqui em busca de uma recompensa. Ousa sonhar e está fazendo o possível para transformar este sonho em realidade. Precisa saber melhor o que irá fazer com sua espada, e isto tem que ficar claro antes que cheguemos até ela. Mas uma coisa conta a seu favor: você está em busca de uma recompensa. Só está fazendo o Caminho de Santiago porque deseja ser recompensado pelo seu esforço. Já notei que tudo o que estou lhe ensinando você tem aplicado, buscando um fim prático. Isso é muito positivo.

"Falta apenas conseguir juntar as Práticas de RAM com a sua própria intuição. A linguagem de seu coração é que irá determinar a maneira correta de descobrir e manejar sua espada. Caso contrário, os exercícios e as Práticas de RAM vão se perder na sabedoria inútil da Tradição."

Petrus tinha me falado sobre essas coisas antes, de maneira diferente, e, apesar de concordar com ele, não era isso que eu queria saber. Havia duas coisas que eu não conseguia explicar: a língua diferente que falei e a sensação de alegria e amor depois de haver expulsado o cão.

— A sensação de alegria surgiu porque seu gesto foi tocado por Ágape.

— Você fala muito em Ágape e até agora não me explicou direito o que é. Tenho a sensação de que se trata de algo relacionado com uma forma maior de amor.

— É exatamente isso. Breve chegará o momento de experimentar esse amor intenso, esse amor que devora quem ama. Enquanto isso, fique contente em saber que ele se manifesta livremente em você.

— Eu já tive essa sensação antes, só que mais breve e de maneira diferente. Acontecia sempre depois de uma vitória profissional, de uma conquista, ou quando pressentia que a Sorte estava sendo generosa comigo. Entretanto, quando essa sensação surgia, eu me trancava e ficava com medo de vivê-la intensamente. Como se essa alegria pudesse despertar a inveja nos outros ou como se eu fosse indigno de recebê-la.

— Todos nós, antes de conhecer Ágape, agimos assim — disse ele, com os olhos fixos na tela de TV.

Perguntei-lhe então sobre a língua diferente que eu havia falado.

— Isto foi uma surpresa para mim. Não é uma Prática do Caminho de Santiago. Trata-se de um Carisma, e faz parte das Práticas de RAM no Caminho de Roma.

Eu já ouvira falar alguma coisa a respeito dos Carismas, mas pedi a Petrus que me explicasse melhor.

— Os Carismas são os dons do Espírito Santo manifestados nas pessoas. Existe uma diversidade deles: o dom da cura, o dom dos milagres, o dom da profecia, entre outros. Você experimentou o Dom das Línguas, o mesmo que os apóstolos experimentaram no dia de Pentecostes.

"O Dom das Línguas está ligado à comunicação direta com o Espírito. Serve para orações poderosas, exorcismos — como foi seu caso — e sabedoria. Os dias de caminhada e as Práticas de RAM, além do perigo que o cão representava para você, despertaram o Dom das Línguas por acaso. Ele não voltará a acontecer mais, a não ser que você encontre sua espada e resolva seguir o Caminho de Roma. De qualquer maneira, foi um bom presságio."

Fiquei olhando a televisão sem som. A história das minas de carvão tinha se transformado em uma sucessão de imagens de homens e mulheres sempre falando, discutindo, conversando. De vez em quando, um ator e uma atriz se beijavam.

— Mais uma coisa — disse Petrus. — Pode ser que você torne a encontrar o cão; neste caso, não tente despertar de novo o Dom das Línguas, porque ele não voltará mais. Confie no que sua intuição irá lhe dizer. Vou ensinar-lhe outra Prática de RAM, que irá despertar essa intuição. Assim, você vai começar a conhecer a linguagem secreta de sua mente, e ela lhe será muito útil em todos os momentos de sua vida.

Petrus desligou a televisão, justamente quando eu começava a me interessar pelo enredo. Depois, foi até o bar e pediu uma garrafa de água mineral. Cada qual bebeu um pouco e ele carregou o que havia sobrado da garrafa para fora.

Sentamos ao ar livre e por alguns momentos ninguém disse nada. O silêncio da noite nos envolvia e a Via Láctea nos céus me lembrava sempre do meu objetivo: encontrar a espada.

Depois de algum tempo, Petrus me ensinou O EXERCÍCIO DA ÁGUA.

— Estou cansado e vou dormir — disse ele. — Mas faça este exercício agora. Desperte de novo sua intuição, seu lado secreto. Não se preocupe com a lógica, porque a água é um elemento fluido e não se deixará dominar tão facilmente. Mas ela vai construir, aos poucos, sem violência, uma nova relação sua com o Universo.

E concluiu, antes de entrar para o hotel:

— Não é sempre que a gente tem a ajuda de um cão.

O DESPERTAR DA INTUIÇÃO
(O EXERCÍCIO DA ÁGUA)

Faça uma poça de água sobre uma superfície lisa e não absorvente. Olhe para esta poça por algum tempo. Depois comece a brincar, sem qualquer compromisso, sem qualquer objetivo, com a água. Trace desenhos sem qualquer significado. Faça este exercício durante uma semana, demorando um mínimo de dez minutos cada vez.

Não procure resultados práticos neste exercício porque ele está despertando, aos poucos, sua Intuição. Quando ela começar a se manifestar durante as outras horas do dia, confie sempre nela.

* * *

    Continuei a saborear um pouco o frescor e o silêncio da noite. O hotel ficava afastado de qualquer cidade, e ninguém passava pela estrada na minha frente. Lembrei-me do dono, que conhecia Ipanema e deveria achar um absurdo eu estar naquele lugar tão árido, queimado pelo sol, que voltava todos os dias com a mesma fúria.

    Comecei a ficar com sono e resolvi fazer logo o exercício. Derramei o resto da garrafa no chão de cimento. A poça imediatamente se formou. Não tinha qualquer imagem ou forma, e eu não estava buscando isso. Meus dedos começaram a passear pela água fria e passei a sentir o mesmo tipo de hipnose que a gente sente quando fica olhando o fogo. Não pensava em nada, estava apenas brincando. Brincando com uma poça de água. Fiz alguns riscos nas bordas e ela pareceu transformar-se num sol molhado, mas os riscos logo se misturavam e se fundiam. Com a mão espalmada, dei uma batida no centro da poça; a água se espalhou ao redor, enchendo o cimento de pingos, estrelas negras num fundo cinza. Estava completamente entregue àquele exercício absurdo, que não tinha a menor finalidade, mas que era gostoso de realizar. Senti que a mente havia parado quase por completo, o que eu só conseguia atingir em longos períodos de meditação e relaxamento. Ao mesmo tempo, alguma coisa me dizia que, nas profundezas de mim mesmo, nos lugares ocultos de minha mente, uma força ganhava corpo e se preparava para manifestar-se.

    Fiquei muito tempo brincando com a poça e foi difícil parar o exercício. Se Petrus tivesse me ensinado o exercício da água no começo da viagem, com toda a certeza eu teria achado que era uma perda de tempo. Mas agora, havendo falado em línguas diferentes e expulsado demônios, aquela poça de água estabelecia um contato — ainda que frágil — com a Via Láctea acima de mim. Refletia suas estrelas, criava desenhos que eu não conseguia entender e me dava a sensação, não de estar perdendo tempo, mas de estar criando um novo código de comunicação com o mundo. O código secreto da alma, a língua que conhecemos e que ouvimos tão pouco.

Quando me dei conta, já era bastante tarde. As luzes da portaria estavam apagadas e eu entrei sem fazer ruído. No meu quarto, fiz mais uma vez a invocação de Astrain. Ele apareceu mais nítido e eu lhe falei algum tempo sobre minha espada e meus objetivos na vida. Por enquanto, ele não respondia nada, mas Petrus me dissera que, com o decorrer das invocações, Astrain ia se tornar uma presença viva e poderosa ao meu lado.

O casamento

Logroño é uma das maiores cidades cruzadas pelos peregrinos que seguem a Rota Jacobea. Antes disso, a única grande cidade que havíamos atravessado tinha sido Pamplona — e mesmo assim não havíamos pernoitado lá. Mas, na tarde em que chegamos a Logroño, a cidade se preparava para uma grande festa e Petrus sugeriu que ficássemos ali, pelo menos aquela noite.

Eu estava já acostumado com o silêncio e a liberdade do campo, de maneira que a ideia não me agradou muito. Cinco dias haviam transcorrido desde o incidente com o cão, e eu realizava toda noite a invocação de Astrain e o exercício da água. Sentia-me muito mais calmo, consciente da importância do Caminho de Santiago na minha vida e no que eu iria fazer dali por diante. Apesar da aridez da paisagem, da comida nem sempre boa e do cansaço provocado por dias inteiros na estrada, eu estava vivendo um sonho real.

Tudo aquilo ficou distante no dia em que chegamos a Logroño. Em vez do ar quente, mas puro, dos campos do interior, a cidade estava cheia de carros, jornalistas e equipes de TV. Petrus entrou no primeiro bar para perguntar o que se passava.

— O senhor não sabe? É o casamento da filha do Coronel M. — respondeu o homem. — Vamos ter um grande banquete público na praça, e hoje eu fecho mais cedo.

Foi difícil encontrar um hotel, mas conseguimos hospedagem com um casal de velhos que havia reparado na vieira na mochila de Petrus. Tomamos banho, eu vesti a única calça comprida que havia trazido e saímos para a praça.

Ali, dezenas de empregados, suando debaixo de *summers* e vestidos negros, davam os últimos retoques nas mesas espalhadas por todo o local. A TV espanhola tomava alguns flashes dos preparativos. Seguimos por uma pequena rua que ia dar na Paróquia de Santiago El Real, onde a cerimônia estava para começar.

Pessoas bem-vestidas, mulheres com a maquilagem quase derretendo por causa da temperatura, crianças de roupas brancas e olhar zangado entravam sem parar na igreja. Alguns fogos de artifício estouraram sobre nós e uma imensa limusine negra parou na porta principal. Era o noivo chegando. Eu e Petrus não conseguimos entrar na igreja apinhada e resolvemos voltar para a praça.

Petrus foi dar uma volta e eu sentei num dos bancos, esperando que o casamento acabasse e o banquete fosse servido. Ao meu lado, um vendedor de pipocas esperava o fim da cerimônia para um faturamento extra.

— Você também é convidado? — perguntou o vendedor.

— Não — respondi. — Somos peregrinos a caminho de Compostela.

— De Madri existe um trem direto até lá, e se você sai numa sexta tem direito a hotel grátis.
— Mas nós estamos fazendo uma peregrinação.
O vendedor olhou para mim e disse com todo o cuidado:
— Peregrinação é para santo.
Resolvi não insistir no assunto. O velho começou a contar que já havia casado sua filha, mas que hoje em dia ela vivia separada do marido.
— Na época de Franco havia muito mais respeito — disse. — Hoje em dia ninguém dá mais atenção à família.
Mesmo estando num país estranho, onde não é aconselhável discutir política, eu não podia deixar passar aquilo sem resposta. Afirmei que Franco era um ditador e que nada na época dele podia ter sido melhor.
O velho ficou vermelho.
— Quem é o senhor para falar desse jeito?
— Conheço a história do seu país. Conheço a luta do seu povo pela liberdade. Li sobre os crimes da Guerra Civil Espanhola.
— Pois eu participei da guerra. Posso falar porque nela correu o sangue da minha família. A história que o senhor leu não me interessa; me interessa o que se passa na minha família. Eu lutei contra Franco, mas depois que ele venceu minha vida melhorou. Não sou pobre e tenho uma carrocinha de pipocas. Este governo socialista que está aí não me ajudou a conseguir isso. Vivo pior agora do que vivia antes.
Lembrei-me de Petrus dizendo que as pessoas se contentavam com muito pouco da vida. Resolvi não insistir no assunto e troquei de banco.

Petrus veio sentar-se ao meu lado. Falei da história do vendedor de pipocas.

— Conversar é muito bom — disse ele — quando a gente quer se convencer do que estamos dizendo. Sou do PCI (Partido Comunista Italiano) e não conhecia este teu lado fascista.

— Que lado fascista? — perguntei indignado.

— Você ajudou o velho a se convencer de que Franco era melhor. Talvez ele nunca tivesse sabido por quê. Agora já sabe.

— Pois eu fico muito surpreso em saber que o PCI acredita nos Dons do Espírito Santo.

— A gente se preocupa com o que os vizinhos vão dizer — disse ele. E imitou o papa.

Rimos juntos. Alguns fogos de artifício espocaram de novo. Uma banda subiu no coreto da praça e começou a afinar os instrumentos. A festa deveria começar a qualquer momento.

Olhei para o céu. Começava a escurecer e algumas estrelas apareciam. Petrus foi até um dos garçons e conseguiu dois copos de plástico cheios de vinho.

— Traz sorte beber um pouco antes de começar a festa — disse ele estendendo-me um dos copos. — Tome um pouco disto. Vai ajudá-lo a esquecer o velho das pipocas.

— Eu já não estou mais pensando nisso.

— Pois devia. Porque o que aconteceu é uma mensagem simbólica de um comportamento errado. Estamos sempre tentando conquistar adeptos para as nossas explicações do Universo. Achamos que a quantidade de pessoas que acreditam na mesma coisa em que acreditamos é que irá transformar essa coisa em realidade. E não é nada disso.

"Olhe à sua volta. Uma grande festa se prepara, uma comemoração já vai começar. Muitas coisas estão sendo celebradas ao mesmo tempo: o sonho do pai que queria casar a filha, o sonho da filha que queria se casar, o sonho do noivo. Isso é bom, porque eles acreditam nesse sonho e querem mostrar a todos que atingiram uma meta. Não é uma festa para convencer ninguém, e por isso será divertida. Tudo indica que são pessoas que combateram o Bom Combate do amor."

— Mas você está tentando me convencer, Petrus. Você está me guiando pelo Caminho de Santiago.

Ele olhou para mim com frieza.

— Eu estou lhe ensinando as Práticas de RAM. Mas você só conseguirá chegar até sua espada se descobrir que no seu coração está o caminho, a verdade e a vida.

Petrus apontou para o céu, onde as estrelas já estavam bem visíveis.

— A Via Láctea mostra o Caminho até Compostela. Não existe religião que seja capaz de juntar todas as estrelas, porque se isso acontecesse o Universo se tornaria um gigantesco espaço vazio e perderia sua razão de existir. Cada estrela — e cada homem — tem seu espaço e suas características especiais. Existem estrelas verdes, amarelas, azuis, brancas; existem cometas, meteoros e meteoritos, nebulosas e anéis. Aquilo que daqui de baixo parece uma porção de pontinhos iguais na verdade são milhões de coisas diferentes, espalhadas por um espaço além da compreensão humana.

Um fogo de artifício espocou e sua luz iluminou por momentos o céu. Uma cascata de partículas verdes e brilhantes apareceu em seguida.

— Antes ouvíamos apenas o seu ruído, porque era de dia. Agora podemos ver sua luz — disse Petrus. — Esta é a única mudança a que o homem pode aspirar.

A noiva saiu da igreja e as pessoas atiraram arroz e gritaram vivas. Era uma menina magra, de seus dezessete anos, de braços dados com um rapaz em farda de gala. Todos começaram a sair e se encaminhar para a praça.

— Olha o Coronel M.! Repara o vestido da noiva! Está linda! — diziam algumas meninas perto de nós.

Os convidados cercaram as mesas, os garçons distribuíram o vinho e a banda começou a tocar. O velhinho das pipocas foi imediatamente cercado por uma multidão de garotos histéricos, que estendiam o dinheiro e espalhavam os sacos pelo chão. Imaginei que para os habitantes de Logroño, pelo menos naquela noite, não existia o resto do mundo, a ameaça de guerra nuclear, o desemprego, os crimes de morte. A noite era uma festa, as mesas estavam na praça para o povo e todos se sentiam importantes.

Uma equipe de TV veio em nossa direção, e Petrus escondeu o rosto. Mas ela passou direto, em busca de um dos convidados, que estava ao nosso lado. Reconheci imediatamente o sujeito: era o Manolo, chefe da torcida espanhola no Mundial de Futebol do México. Quando acabou a entrevista, eu me dirigi a ele. Falei que era brasileiro e ele, fingindo indignação, reclamou de um gol roubado na primeira partida do Mundial.* Mas logo me abraçou e disse que o Brasil voltaria a ter os melhores jogadores do mundo.

— Como você consegue ver o jogo se está sempre de costas para o campo, animando a torcida? — perguntei. Era uma das coisas que mais me tinham chamado a atenção durante as transmissões do Mundial.

— Minha alegria é esta: ajudar a torcida a acreditar na vitória.

E concluiu, como se também fosse um guia pelos caminhos de Santiago:

— Uma torcida sem fé faz um time perder um jogo já ganho.

Manolo foi logo solicitado por outras pessoas, mas fiquei refletindo sobre suas palavras. Mesmo sem nunca haver cruzado a Rota Jacobea, ele também sabia o que era combater o Bom Combate.

Descobri Petrus escondido num canto e visivelmente incomodado pela presença das equipes de televisão. Só quando os refletores se apagaram é que ele saiu do meio das árvores da praça e relaxou um pouco. Pedimos mais dois copos de vinho, eu fiz para mim mesmo um prato de canapés e Petrus descobriu uma mesa onde pudéssemos sentar junto com outros convidados.

O casal de noivos cortou um imenso bolo. Mais vivas soaram.

---

* Na partida entre Espanha e Brasil, no Mundial do México em 1986, um gol espanhol foi anulado porque o juiz não viu que a bola havia batido atrás da linha da meta antes de ricochetear para fora. O Brasil terminou vencendo por 1 × 0.

— Eles devem se amar — pensei em voz alta.

— É claro que se amam — disse um senhor de terno escuro que estava sentado à mesa. — Você já viu alguém casar por outro motivo?

Guardei a resposta para mim mesmo, lembrando o que Petrus dissera sobre o vendedor de pipocas. Mas meu guia não deixou passar em branco o episódio.

— A que tipo de amor o senhor se refere: Eros, Philos ou Ágape?

O senhor olhou sem entender nada. Petrus levantou-se, encheu de novo o copo e pediu que passeássemos um pouco.

— Existem três palavras gregas para designar o amor — começou ele. — Hoje você está vendo a manifestação de Eros, aquele sentimento entre duas pessoas.

Os noivos sorriam para os flashes e recebiam cumprimentos.

— Parece que os dois se amam — disse, referindo-se ao casal. — E acham que o amor é uma coisa que cresce. Em pouco tempo estarão lutando sozinhos pela vida, vão montar casa e participar da mesma aventura. Isso engrandece e torna digno o amor. Ele vai seguir sua carreira no Exército, ela deve saber cozinhar e ser uma excelente dona de casa, porque foi educada para isso. Vai acompanhá-lo, terão filhos e, se sentirem que estão construindo alguma coisa juntos, é porque estão na luta do Bom Combate. Então, mesmo com todos os tropeços, jamais vão deixar de ser felizes.

"De repente, entretanto, esta história que estou lhe contando pode acontecer de maneira inversa. Ele pode começar a sentir que não é livre o suficiente para manifestar todo o Eros, todo o amor que tem por outras mulheres. Ela pode começar a sentir que sacrificou uma carreira e uma vida brilhantes para acompanhar o marido. Então, em vez da criação conjunta, cada um irá sentir-se roubado em sua maneira de amar. Eros, o espírito que os une, começará a mostrar apenas seu lado mau. E aquilo que Deus havia destinado ao homem como seu mais nobre sentimento passará a ser fonte de ódio e destruição."

Olhei em volta. Eros estava presente em vários casais. O exercício da água havia despertado a linguagem do meu coração e eu estava vendo as pessoas de uma maneira diferente. Talvez fossem os dias de solidão no mato, talvez fossem mesmo as Práticas de RAM. Mas eu podia sentir a presença de Eros Bom e Eros Mau, exatamente como Petrus havia descrito.

— Repare como é curioso — disse Petrus, notando a mesma coisa. — Apesar de ser bom ou mau, a face de Eros nunca é a mesma em cada pessoa. Exatamente como as estrelas sobre as quais eu falava há meia hora. E ninguém pode escapar de Eros. Todos têm necessidade de sua presença — apesar de muitas vezes Eros fazer com que nos sintamos distantes do mundo, trancados em nossa solidão.

A banda começou a tocar uma valsa. As pessoas foram para um pequeno espaço de cimento em frente do coreto e começaram a dançar. O álcool começava a subir e todos estavam mais suados e alegres. Notei uma menina vestida de azul, que deve ter esperado este casamento apenas para que chegasse o momento da valsa — porque queria dançar com alguém com quem sonhava estar abraçada desde que entrou na adolescência. Seus olhos seguiam os movimentos de um rapaz bem-vestido, de terno claro, que estava numa roda de amigos. Todos conversavam alegremente e não haviam percebido que a valsa tinha começado e que a alguns metros de distância uma menina de azul olhava insistentemente para um deles.

Pensei nas cidades pequenas, nos casamentos sonhados desde a infância com o rapaz escolhido.

A menina de azul notou meu olhar e saiu de perto da pista. Foi então a vez do rapaz procurá-la com os olhos. Assim que descobriu que ela estava perto de outras garotas, voltou a conversar animadamente com os amigos.

Chamei a atenção de Petrus para os dois. Ele acompanhou durante algum tempo o jogo de olhares e depois voltou ao seu copo de vinho.

— Eles agem como se fosse uma vergonha demonstrar que se amam — foi seu único comentário.

Uma menina à nossa frente olhava fixamente para nós. Devia ter metade de nossa idade. Petrus levantou o copo de vinho e fez um brinde a ela. A garota riu encabulada e fez um gesto apontando para os pais, quase se desculpando por não chegar mais perto.

— Este é o lado belo do amor — disse Petrus. — O amor que desafia, o amor de dois estranhos mais velhos que vieram de longe e amanhã já terão partido. Para um mundo que ela gostaria também de percorrer.

Percebi pela voz de Petrus que ele estava um pouco alto.

— Hoje vamos falar de Amor! — disse meu guia, num tom um pouco elevado. — Vamos falar desse amor verdadeiro, que está sempre crescendo, movendo o mundo e tornando o homem sábio!

Uma mulher perto de nós, bem-vestida, parecia não estar prestando atenção alguma na festa. Ia de mesa em mesa arrumando os copos, os pratos e os talheres.

— Repare naquela senhora — indicou Petrus — que não para de arrumar as coisas. Como lhe disse antes, existem muitas faces de Eros, e esta também é uma delas. É o amor frustrado, que se realiza na infelicidade alheia. Vai beijar o noivo e a noiva, mas por dentro estará murmurando que um não foi feito para o outro. Está tentando colocar o mundo em ordem porque ela mesma está em desordem. E ali — apontou para outro casal, a mulher exageradamente maquilada e com o cabelo todo armado — é o Eros aceito. O Amor social, sem qualquer vestígio de emoção. Ela aceitou seu papel e cortou todos os laços com o mundo e o Bom Combate.

— Você está sendo muito amargo, Petrus. Não existe ninguém aqui que se salva?

— Claro que existe. A menina que nos olhou. Os adolescentes que estão dançando e que só conhecem o Eros Bom. Se eles não se deixarem influenciar pela hipocrisia do Amor que dominou a geração passada, o mundo com toda a certeza vai ser outro.

Ele apontou para um casal de velhos, sentados a uma mesa.

— E aqueles dois também. Não se deixaram contagiar pela hipocrisia, como muitos outros. Pela aparência deve ser um casal de lavradores. A fome e a necessidade os obrigaram a trabalhar juntos. Aprenderam as Práticas que você está conhecendo sem nunca haverem ouvido falar em RAM. Porque tiraram a força do amor do próprio trabalho. Ali Eros mostra sua face mais bela, porque está unido a Philos.

— O que é Philos?

— Philos é o Amor sob a forma de amizade. É aquilo que eu sinto por você e pelos outros. Quando a chama de Eros não consegue mais brilhar, é Philos que mantém os casais juntos.

— E Ágape?

— Hoje não é dia de falarmos de Ágape. Ágape está em Eros e em Philos, mas isto é apenas uma frase. Vamos nos divertir nesta festa, sem tocar no Amor que Devora — e Petrus colocou mais vinho em seu copo de plástico.

Havia em torno de nós uma alegria que contagiava tudo. Petrus estava ficando tonto, e no começo aquilo me deixou um pouco chocado. Mas eu me lembrei de suas palavras certa tarde, dizendo que as Práticas de RAM só teriam sentido se pudessem ser executadas por uma pessoa comum.

Petrus me parecia, nesta noite, um homem como todos os outros. Estava camarada, amigo, batendo nas costas das pessoas e conversando com quem lhe desse atenção. Pouco tempo depois estava tão tonto que tive que pegá-lo pelo braço e conduzi-lo ao hotel.

No caminho, me dei conta da situação. Eu estava guiando o meu guia. Percebi que em nenhum momento de toda a nossa jornada Petrus havia feito qualquer esforço para parecer mais sábio, mais santo ou melhor do que eu. Tudo o que tinha feito era me transmitir sua experiência com as Práticas de RAM. Mas, de resto, fazia questão de mostrar que era um homem como todos os outros, que sentia Eros, Philos e Ágape.

Isso fez com que eu me sentisse mais forte. O Caminho de Santiago era das pessoas comuns.

O entusiasmo

— Ainda que eu fale a língua dos homens e dos anjos; ainda que eu tenha o dom de profetizar e tenha fé a ponto de transportar montes, se não tiver amor, nada serei.

Petrus vinha de novo com São Paulo. Para ele o apóstolo era o grande intérprete oculto da mensagem de Cristo. Estávamos pescando naquela tarde, depois de haver passado a manhã inteira caminhando. Nenhum peixe havia mordido a isca, mas meu guia não dava a menor importância para isso. Segundo ele, o exercício da pesca era mais ou menos um símbolo da relação do homem com o mundo: sabemos o que queremos e vamos atingir se insistirmos, mas o tempo para chegar ao objetivo depende da ajuda de Deus.

— É sempre bom fazer alguma coisa lenta antes de uma decisão importante na vida — disse ele. — Os monges zen ficam escutando as rochas crescerem. Eu prefiro pescar.

Mas àquela hora, com o calor que estava fazendo, até os peixes vermelhos e preguiçosos — quase à flor da água — não ligavam para o anzol. Estar com a linha dentro ou fora da água dava no mesmo. Resolvi desistir e dar um passeio pelas redondezas. Fui até um velho cemitério abandonado perto do rio — com uma porta absolutamente desproporcional para o seu tamanho — e voltei para junto de Petrus. Perguntei sobre o cemitério.

— A porta era de um antigo hospital de peregrinos — disse ele. — Mas foi abandonado e mais tarde alguém teve a ideia de aproveitar a fachada e construir o cemitério.

— Que também está abandonado.

— Assim é. As coisas nesta vida duram muito pouco.

Disse que ele tinha sido muito duro na noite anterior, quando havia julgado as pessoas na festa. Petrus ficou surpreso comigo. Afirmou que o que tínhamos conversado não era nada mais nada menos do que o que nós mesmos já havíamos experimentado em nossa vida pessoal. Todos corremos em busca de Eros, e quando Eros quer se transformar em Philos achamos que o Amor é inútil. Sem perceber que Philos é que nos conduzirá à forma do amor maior, Ágape.

— Fale-me mais de Ágape — pedi.

Petrus respondeu que Ágape não podia ser falado, precisava ser vivido. Se houvesse chances, ele iria me mostrar ainda naquela tarde uma das faces de Ágape. Mas para isso era preciso que o Universo se comportasse como o exercício da pesca: colaborando para que tudo corresse bem.

— O Mensageiro o ajuda, mas existe algo que está além do domínio do Mensageiro, dos seus desejos, e de você mesmo.

— O que é isto?

— A faísca divina. O que as pessoas chamam de Sorte.

Quando o sol amainou um pouco, recomeçamos a caminhada. A Rota Jacobea atravessava algumas vinhas e campos cultivados, que estavam completamente desertos àquela hora do dia. Cruzamos a estrada principal — também deserta — e voltamos para o mato. A distância eu podia ver o pico San Lorenzo, o ponto mais alto do reino de Castela. Muita coisa tinha mudado em mim desde que havia encontrado Petrus pela primeira vez, perto de Saint-Jean-Pied-de-Port. O Brasil, os negócios para realizar, tinham quase que se apagado por completo de minha mente. A única coisa viva era o meu objetivo, discutido todas as noites com Astrain, que cada vez aparecia mais nítido para mim. Eu conseguia vê-lo sempre sentado ao meu lado, percebia que tinha um tique nervoso no olho direito e que costumava sorrir com desdém sempre que eu repetia algumas coisas para me certificar de que havia entendido. Algumas semanas atrás — principalmente nos primeiros dias —, eu chegara a temer que jamais conseguiria completar o caminho. Na época em que passamos por Roncesvalles, eu tinha sentido um profundo tédio de tudo aquilo e um desejo de chegar logo a Santiago, recuperar minha espada e voltar para combater aquilo que Petrus chamava de o Bom Combate.* Mas agora os apegos da civilização, tão a contragosto abandonados, já estavam quase esquecidos. Naquele momento, tudo o que me preocupava era o sol sobre minha cabeça e a excitação de experimentar Ágape.

* Na verdade, vim a descobrir depois, o termo havia sido criado por São Paulo.

Descemos um barranco e cruzamos um arroio, fazendo um grande esforço para subir pela margem oposta. Aquele arroio deve ter sido no passado um bravo rio, rugindo e cavando o solo em busca das profundezas e dos segredos da terra. Agora era apenas um arroio que podia ser cruzado a pé. Mas a sua obra, a imensa vala que havia cavado, ainda estava ali e me obrigava a fazer um grande esforço para vencê-la. "Tudo nesta vida dura muito pouco", dissera Petrus algumas horas antes.

— Petrus, você já amou muito?

A pergunta saiu de maneira espontânea e me surpreendi com a minha coragem. Até aquele momento, eu sabia apenas o essencial sobre a vida privada do meu guia.

— Já tive muitas mulheres, se é isto que você quer dizer. E amei muito cada uma delas. Mas senti a sensação de Ágape com apenas duas.

Contei-lhe que também havia amado muito, e estava começando a ficar preocupado porque não conseguia me fixar em ninguém. Se continuasse assim, ia encarar uma velhice solitária e tinha muito medo disso.

— Contrate uma enfermeira — ele riu. — Mas, enfim, não acredito que você esteja buscando no amor uma aposentadoria confortável.

Eram quase nove da noite quando começou a escurecer. Os campos de parreiras haviam ficado para trás e estávamos no meio de uma paisagem quase desértica. Olhei em volta e pude distinguir, ao longe, uma pequena ermida encravada numa pedra, semelhante a muitas ermidas que haviam passado pelo caminho. Andamos mais um pouco e nos desviamos das marcas amarelas, seguindo direto até a pequena construção.

Quando nos aproximamos o suficiente, Petrus gritou um nome que não entendi e parou para escutar a resposta. Apesar dos ouvidos atentos, não escutamos nada. Petrus tornou a chamar e ninguém respondeu.

— Vamos assim mesmo — disse ele. E nos dirigimos para lá.

Eram apenas quatro paredes caiadas de branco. A porta estava aberta — melhor dizendo, não havia porta, mas uma pequena porteira de meio metro de altura, sustentando-se precariamente em apenas uma dobradiça. Dentro havia um fogão feito de pedras e algumas tigelas cuidadosamente empilhadas no chão. Duas delas estavam cheias de trigo e batatas.

Sentamos em silêncio. Petrus acendeu um cigarro e disse para esperarmos um pouco. Percebi que minhas pernas doíam de cansaço, mas alguma coisa naquela ermida, ao invés de me acalmar, me excitava. E teria me amedrontado também, se não fosse a presença de Petrus.

— Seja quem for que viva aqui, onde dorme? — perguntei, quebrando aquele silêncio que começava a me fazer mal.

— Aí onde você está sentado — disse Petrus, apontando para o chão nu. Fiz menção de me mover do local, mas ele pediu que eu permanecesse exatamente onde estava. A temperatura devia ter caído um pouco, pois comecei a sentir frio.

Esperamos durante quase uma hora inteira. Petrus ainda chamou duas vezes aquele nome estranho, e depois desistiu. Quando pensei que levantaríamos para ir embora, ele começou a falar.

— Aqui está presente uma das duas manifestações de Ágape — disse enquanto apagava seu terceiro cigarro. — Não é a única, mas é uma das mais puras. Ágape é o amor total, o amor que devora quem o experimenta. Quem conhece e experimenta Ágape vê que nada mais neste mundo tem importância, apenas amar. Este foi o amor que Jesus sentiu pela humanidade, e foi tão grande que sacudiu as estrelas e mudou o curso da história do homem. Sua vida solitária conseguiu fazer o que reis, exércitos e impérios não conseguiram.

"Durante os milênios da história da Civilização, muitas pessoas foram tomadas por este Amor que Devora. Elas tinham tanto para dar — e o mundo exigia tão pouco — que foram obrigadas a buscar os desertos e lugares isolados, porque o Amor era tão grande que as transfigurava. Viraram os santos ermitões que hoje conhecemos.

"Para mim e para você, que experimentamos outra forma de Ágape, esta vida aqui pode parecer dura, terrível. Entretanto, o Amor que Devora faz com que tudo — absolutamente tudo — perca a importância. Esses homens vivem apenas para serem consumidos pelo seu Amor."

Petrus me contou que ali vivia um homem chamado Alfonso e que o tinha conhecido em sua primeira peregrinação a Compostela, enquanto colhia frutas para comer. Seu guia, um homem muito mais iluminado que ele, era amigo de Alfonso e os três haviam feito juntos o Ritual de Ágape, o exercício do globo azul. Petrus disse que tinha sido uma das experiências mais importantes de sua vida e que — até hoje — quando fazia esse exercício, lembrava-se da ermida e de Alfonso. Havia um tom de emoção na sua voz e era a primeira vez que eu estava percebendo isto.

— Ágape é o Amor que Devora — repetiu mais uma vez, como se esta fosse a frase que melhor definisse aquela estranha espécie de amor. — Luther King certa vez disse que, quando Cristo falou de amar os inimigos, estava referindo-se a Ágape. Porque, segundo ele, era "impossível gostar de nossos inimigos, daqueles que nos fazem mal e que tentam amesquinhar mais o nosso sofrido dia a dia". Mas Ágape é muito mais que gostar. É um sentimento que invade tudo, que preenche todas as frestas e faz com que qualquer tentativa de agressão se torne pó.

"Você aprendeu a renascer, a não ser cruel consigo mesmo, a conversar com seu Mensageiro. Mas tudo o que fizer daqui por diante, tudo o que conseguir tirar de proveitoso do Caminho de Santiago só terá sentido se for tocado pelo Amor que Devora."

Lembrei a Petrus que ele dissera que existiam duas formas de Ágape. E que ele provavelmente não experimentara esta primeira forma, já que não tinha se transformado em ermitão.

— Você está certo. Tanto eu como você e a maioria dos peregrinos que cruzaram o Caminho de Santiago através das palavras de RAM experimentamos Ágape em sua outra forma: o Entusiasmo.

"Entre os Antigos, Entusiasmo significa transe, arrebatamento, ligação com Deus. O Entusiasmo é Ágape dirigido a alguma ideia, alguma coisa. Todos já passamos por isso. Quando amamos e acreditamos do fundo de nossa alma em algo, nos sentimos mais fortes que o mundo, e somos tomados de uma serenidade que vem da certeza de que nada poderá vencer nossa fé. Essa força estranha faz com que sempre tomemos as decisões certas, na hora exata, e quando atingimos nosso objetivo ficamos surpresos com nossa própria capacidade. Porque, durante o Bom Combate, nada mais tem importância, estávamos sendo levados através do Entusiasmo até nossa meta.

"O Entusiasmo se manifesta normalmente com todo o seu poder nos primeiros anos de vida. Ainda temos um laço forte com a divindade e nos atiramos com tal vontade aos nossos brinquedos que as bonecas passam a ter vida e os soldadinhos de chumbo conseguem marchar. Quando Jesus falou que era das crianças o Reino dos Céus, ele se referia a Ágape sob a forma de Entusiasmo. As crianças chegaram até ele sem ligar para seus milagres, sua sabedoria, os fariseus e os apóstolos. Vinham alegres, movidas pelo Entusiasmo."

Contei para Petrus que — justamente naquela tarde — percebi que estava completamente envolvido no Caminho de Santiago. Aqueles dias e noites pelas terras da Espanha quase me fizeram esquecer minha espada e tinham-se tornado uma experiência única. Tudo o mais havia perdido a importância.

— Hoje à tarde tentamos pescar e os peixes não morderam o anzol — disse Petrus. — Normalmente, deixamos que o Entusiasmo escape de nossas mãos nessas pequenas coisas, que não têm a menor importância diante da grandeza de cada existência. Perdemos o Entusiasmo por causa de nossas pequenas e necessárias derrotas durante o Bom Combate. E como não sabemos que o Entusiasmo é uma força maior, voltada para a vitória final, deixamos que ele escape por nossos dedos, sem notar que estamos deixando escapar também o verdadeiro sentido de nossas vidas. Culpamos o mundo por nosso tédio, por nossa derrota, e esquecemos que fomos nós que deixamos escapar esta força arrebatadora que justifica tudo, a manifestação de Ágape sob a forma de Entusiasmo.

Voltou diante de meus olhos o cemitério que havia perto do riacho. Aquela portada estranha, descomunalmente grande, era uma representação perfeita do sentido que se perdia. Detrás daquela porta, apenas os mortos.

Como se adivinhasse meu pensamento, Petrus começou a falar de algo parecido.

— Há alguns dias você deve ter ficado surpreso quando eu perdi a cabeça com um pobre rapaz que havia derramado um pouco de café numa bermuda já imunda pela poeira da estrada. Na verdade, meu nervosismo todo era porque vi nos olhos daquele moço o Entusiasmo se esvaindo, como se esvai o sangue pelos pulsos cortados. Vi aquele rapaz, tão forte e tão cheio de vida, começando a morrer, porque de dentro dele, a todo momento, morria um pouco de Ágape. Tenho muitos anos de vida e já aprendi a conviver com essas coisas, mas aquele rapaz, pelo seu jeito e por tudo o que pressenti que ele poderia trazer de bom para a humanidade, me deixou chocado e triste. Tenho certeza de que minha agressividade feriu seus brios e conteve pelo menos por algum tempo a morte de Ágape.

"Da mesma maneira, quando você transmutou o espírito no cão daquela mulher, você sentiu Ágape em seu estado puro. Foi um gesto nobre e me fez ficar contente por estar aqui e ser o seu guia. Por causa disso, pela primeira vez em todo o Caminho, eu vou participar de um exercício com você."

E Petrus me ensinou o Ritual de Ágape, o EXERCÍCIO DO GLOBO AZUL.

— Vou ajudá-lo a despertar o Entusiasmo, a criar a força que irá se estender como uma bola azul em torno do planeta — disse ele. — Para mostrar que eu o respeito por sua busca e pelo que você é.

Até aquele momento Petrus nunca tinha emitido qualquer opinião — nem a favor, nem contra — sobre minha maneira de realizar os exercícios. Tinha me ajudado a interpretar o primeiro contato com o Mensageiro, tinha me retirado do transe no exercício da semente, mas em nenhum momento se interessou pelos resultados que eu havia conseguido. Mais de uma vez eu lhe tinha perguntado por que não queria saber minhas sensações, e ele me respondera que sua única obrigação, como guia, era a de me mostrar o Caminho e as Práticas de RAM. Caberia a mim desfrutar ou desprezar os resultados.

Quando ele disse que ia participar comigo do exercício, eu de repente me senti indigno de seus elogios. Co-

O RITUAL DO GLOBO AZUL

Sente-se confortavelmente e relaxe. Procure não pensar em nada.

1) Sinta como é bom gostar de viver. Deixe que seu coração sinta-se livre, amigo, acima e além da mesquinhez dos problemas que devem estar lhe afligindo. Comece a cantar alguma canção da infância, baixinho. Imagine seu coração crescer, enchendo seu quarto — e depois sua casa — de uma luz azul intensa, brilhante.

2) Quando chegar a este ponto, comece a sentir a presença amiga dos santos em que você depositava fé quando criança. Repare que eles estão presentes, chegando de todos os lugares, sorrindo e lhe dando fé e confiança na vida.

3) Mentalize os santos se aproximando, colocando as mãos sobre sua cabeça e lhe desejando amor, paz e comunhão com o mundo. A comunhão dos santos.

4) Quando essa sensação estiver bem intensa, sinta que a luz azul é um fluxo que entra e sai de você, como um rio brilhante, em movimento. Essa luz azul começa a se espalhar pela sua casa, depois pelo seu bairro, sua cidade, seu país, e envolve o mundo num imenso globo azul. Ela é a manifestação do Amor Maior, que está além das batalhas do dia a dia, mas que lhe reforça e lhe dá vigor, energia e paz.

5) Mantenha o máximo de tempo possível essa luz espalhada pelo mundo. O seu coração está aberto, espalhando Amor. Esta fase do exercício deve demorar no mínimo cinco minutos.

6) Vá, pouco a pouco, saindo do transe e voltando à realidade. Os santos ficarão por perto. A luz azul continuará espalhada pelo mundo.

Este Ritual pode e deve ser feito com mais de uma pessoa, se necessário. Neste caso, as pessoas devem estar de mãos dadas.

nhecia minhas falhas e muitas vezes havia duvidado da sua capacidade de conduzir-me pelo Caminho. Quis dizer tudo isso, mas ele me interrompeu antes que começasse.

— Não seja cruel consigo mesmo ou não terá aprendido a lição que lhe ensinei antes. Seja gentil. Aceite um elogio que você merece.

Meus olhos se encheram de água. Petrus me tomou pelas mãos e fomos para fora. A noite estava escura, mais escura que normalmente. Sentei-me ao lado dele e começamos a cantar. A música surgia de dentro de mim e ele me acompanhava sem esforço. Comecei a bater palmas baixinho, enquanto balançava o corpo para a frente e para trás. As palmas foram aumentando de intensidade e a música fluía solta de dentro de mim, um cântico de louvor ao céu escuro, à planície desértica, às rochas sem vida. Comecei a ver os santos em que eu acreditava quando era criança e que a vida tinha afastado de mim, porque também eu havia matado uma grande parcela de Ágape. Mas agora o Amor que Devora voltava generoso e os santos sorriam dos céus com a mesma face e a mesma intensidade com que eu os via quando era criança.

Abri os braços para que Ágape fluísse e uma corrente misteriosa de luz azul brilhante começou a entrar e sair de mim, lavando toda a minha alma, perdoando os meus pecados. A luz se espalhou primeiro pela paisagem e depois envolveu o mundo, e eu comecei a chorar. Chorava porque estava revivendo o Entusiasmo, era uma criança diante da vida, e nada naquele momento poderia me causar qualquer mal. Senti uma presença perto de nós; sentava-se à minha direita. Imaginei que fosse meu

Mensageiro e que ele era o único que conseguia enxergar aquela luz azul tão forte, que saía e entrava de mim e se espalhava pelo mundo.

A luz foi aumentando de intensidade e senti que envolvia o mundo inteiro, penetrava em cada porta e em cada beco, atingia pelo menos por alguma fração de segundo cada ser vivo.

Senti que seguravam em minhas mãos abertas e estendidas para os céus. Neste momento o fluxo de luz azul aumentou e se tornou tão forte que eu achei que ia desmaiar. Mas consegui mantê-lo por mais alguns minutos, até que a música que eu estava cantando tivesse terminado.

Então relaxei, sentindo-me completamente exausto, mas livre e contente com a vida e com o que tinha acabado de experimentar. As mãos que seguravam as minhas se soltaram. Percebi que uma delas era de Petrus e pressenti no fundo do meu coração de quem era a outra mão.

Abri os olhos e, ao meu lado, estava o monge Alfonso. Sorriu e me disse "buenas noches". Eu sorri também, tornei a pegar sua mão e a apertei forte contra o meu peito. Ele deixou que eu fizesse isso e depois a soltou com delicadeza.

Nenhum dos três disse nada. Algum tempo depois Alfonso se levantou e caminhou novamente para a planície rochosa. Eu o acompanhei com os olhos até que a escuridão o ocultasse por completo.

Petrus quebrou o silêncio pouco depois. Não fez qualquer menção a Alfonso.

— Realize este exercício sempre que puder, e aos poucos Ágape irá de novo habitar em você. Repita antes de começar um projeto, nos primeiros dias de qualquer viagem, ou quando sentir que algo o emocionou muito. Se possível, faça junto com alguém de quem você gosta. É um exercício para ser compartilhado.

Ali estava novamente o velho Petrus técnico, instrutor e guia, do qual eu sabia tão pouco. A emoção que havia demonstrado na cabana já havia passado. Entretanto, quando havia tocado a minha mão durante o exercício, eu tinha sentido a grandeza de sua alma.

Voltamos para a ermida branca, onde estavam nossas coisas.

— Seu ocupante não volta mais hoje. Acho que podemos dormir aqui — disse Petrus deitando-se.

Desenrolei o saco de dormir, tomei um gole de vinho e me deitei também. Estava exausto com o Amor que Devora. Mas era um cansaço livre de tensões e, antes de fechar os olhos, me lembrei do monge barbado, magro, que havia me desejado boa-noite e que tinha se sentado ao meu lado. Em algum lugar lá fora esse homem estava sendo consumido pela chama divina. Talvez por causa disso aquela noite estivesse tão escura — porque ele tinha condensado em si toda a luz do mundo.

A morte

— Vocês são peregrinos? — perguntou a velha senhora que nos servia o café da manhã. Estávamos em Azofra, um lugarejo de pequenas casas com escudos medievais na fachada e com uma fonte onde minutos antes havíamos enchido nossos cantis.

Respondi que sim, e os olhos da mulher mostraram respeito e orgulho.

— Quando eu era criança, passava por aqui pelo menos um peregrino por dia, a caminho de Compostela. Depois da guerra e de Franco não sei o que houve, mas parece que a peregrinação parou. Deviam fazer uma estrada. Hoje em dia as pessoas só gostam de andar de carro.

Petrus não disse nada. Tinha acordado de mau humor. Eu concordei com a mulher e fiquei imaginando uma estrada nova e asfaltada subindo montanhas e vales, carros com vieiras pintadas no capô e lojas de suvenires nas portas dos conventos. Acabei de tomar o café com leite e o pão com azeite. Olhando o guia de Aymeric Picaud, calculei que na parte da tarde devíamos chegar a Santo Domingo de La Calzada e eu planejava dormir no Parador Nacional.*

---

* Os paradores nacionais são antigos castelos e monumentos históricos transformados pelo governo espanhol em hotéis de primeira categoria.

Estava gastando muito menos dinheiro do que havia planejado, apesar de fazer sempre três refeições por dia. Era hora de cometer uma extravagância e dar ao meu corpo o mesmo tratamento que estava dando ao meu estômago.

    Tinha acordado com uma pressa estranha, com vontade de chegar logo a Santo Domingo, uma sensação que dois dias antes, quando caminhávamos para a ermida, estava convencido de que não voltaria a ter. Petrus também estava mais melancólico, mais calado que habitualmente, e eu não sabia se era por causa do encontro com Alfonso, dois dias antes. Senti uma grande vontade de invocar Astrain e conversar um pouco sobre aquilo. Mas nunca tinha feito a invocação na parte da manhã e não sabia se ia dar resultado. Desisti da ideia.

    Acabamos nosso café e recomeçamos a caminhada. Cruzamos uma casa medieval com seu brasão, as ruínas de uma antiga estalagem de peregrinos e um parque provinciano nos limites do povoado. Quando me preparava para embrenhar-me de novo nos campos, senti uma presença forte do meu lado esquerdo. Continuei andando em frente, mas Petrus me deteve.

— Não adianta correr — disse. — Pare e enfrente.

Fiz menção de soltar-me de Petrus e seguir adiante. O sentimento era desagradável, uma espécie de cólica na região do estômago. Por alguns momentos quis acreditar que era o pão com azeite, mas eu já sentira antes e não podia me enganar. Tensão. Tensão e medo.

— Olhe para trás — a voz de Petrus tinha um tom de urgência. — Olhe antes que seja tarde!

Eu me virei de chofre. Do meu lado esquerdo havia

uma pequena casa abandonada, com a vegetação queimada pelo sol invadindo seu interior. Uma oliveira estendia seus galhos contorcidos para o céu. E entre a oliveira e a casa, olhando fixamente para mim, estava um cão.

Um cão negro, o mesmo cão que eu havia expulsado da casa da mulher alguns dias atrás.

Perdi a noção da presença de Petrus e fiquei olhando firme nos olhos do animal. Alguma coisa dentro de mim — talvez a voz de Astrain ou do meu anjo da guarda — me dizia que, se eu desviasse os olhos, ele me atacaria. Ficamos assim, um olhando nos olhos do outro, por intermináveis minutos. Eu sentia que, depois de haver experimentado toda a grandeza do Amor que Devora, estava de novo diante das ameaças diárias e constantes da existência. Fiquei pensando por que o animal me havia seguido até tão longe, o que afinal ele queria, porque eu era um peregrino em busca de uma espada e não estava com vontade nem paciência de criar caso com pessoas ou animais pelo caminho. Tentei falar tudo isso por meus olhos — lembrando os monges do convento que se comunicavam pela visão —, mas o cão não se movia. Continuava me olhando fixamente, sem qualquer emoção, mas pronto para me atacar se eu me distraísse ou mostrasse medo.

Medo! Percebi que o medo havia sumido. Achava a situação estúpida demais para ter medo. Meu estômago estava contraído e eu tinha vontade de vomitar por causa da tensão, mas não estava com medo. Se estivesse, algo me dizia que meus olhos me denunciariam e o animal iria me derrubar de novo — como havia feito antes.

Não devia desviar os olhos, nem mesmo quando pressenti que, por um pequeno caminho à minha direita, um vulto se aproximava.

O vulto parou por instantes e depois caminhou diretamente até nós. Cruzou a linha de nossos olhares, dizendo alguma coisa que não consegui entender. Era uma voz feminina, e sua presença era boa, amiga e positiva.

Na fração de segundo que o vulto se colocou entre meus olhos e os olhos do cão, meu estômago relaxou. Eu tinha um amigo poderoso, que estava ali me ajudando naquela luta absurda e desnecessária. Quando o vulto acabou de passar, o cão havia abaixado os olhos. Dando um salto, correu para trás da casa abandonada e eu o perdi de vista.

Só neste momento meu coração disparou de medo. A taquicardia foi tão grande que fiquei tonto e achei que fosse desmaiar. Enquanto todo o cenário rodava, olhei para a estrada por onde alguns minutos antes Petrus e eu havíamos passado, procurando o tal vulto que me dera forças para derrotar o cão.

Era uma freira. Estava de costas, caminhando para Azofra, e eu não podia ver seu rosto, mas lembrei-me de sua voz e calculei que devia ter, no máximo, vinte e poucos anos. Olhei para o caminho de onde ela viera: um pequeno atalho que não ia dar em lugar nenhum.

— Foi ela... foi ela quem me ajudou — murmurei enquanto a tonteira aumentava.

— Não fique criando mais fantasias num mundo já tão extraordinário — disse Petrus, aproximando-se e me apoiando por um braço. — Ela veio de um convento em

Cañas, que fica a uns cinco quilômetros daqui. É claro que você não pode vê-lo.

Meu coração continuava disparado e me convenci de que ia passar mal. Estava aterrorizado demais para falar ou pedir explicações. Sentei-me no chão e Petrus jogou-me um pouco de água na testa e na nuca. Lembrei-me de que ele tinha agido assim quando saímos da casa da mulher — mas naquele dia eu estava chorando e me sentindo bem. Agora a sensação era oposta.

Petrus deixou que eu descansasse o tempo suficiente. A água me reanimou um pouco e o enjoo começou a passar. Lentamente, as coisas voltavam ao normal. Quando me senti reanimado, Petrus pediu que caminhássemos um pouco, e eu obedeci. Andamos uns quinze minutos, mas a exaustão voltou. Sentamos aos pés de um *rollo*, coluna medieval com uma cruz em cima, que marcava alguns trechos da Rota Jacobea.

— Seu medo lhe causou muito mais dano que o cão — disse Petrus, enquanto eu descansava.

Eu quis saber o porquê daquele encontro absurdo.

— Na vida e no Caminho de Santiago, existem certas coisas que acontecem independentemente de nossa vontade. Em nosso primeiro encontro, eu lhe falei que havia lido no olhar do cigano o nome do demônio que você haveria de enfrentar. Fiquei muito surpreso em saber que esse demônio era um cachorro, mas não lhe disse nada na ocasião. Só quando chegamos à casa da mulher — e você manifestou pela primeira vez o Amor que Devora — foi que vi seu inimigo.

"Quando afastou o cão daquela senhora, você não o

colocou em lugar nenhum. Nada se perde, tudo se transforma, não é verdade? Você não atirou os espíritos numa manada de porcos que se jogou no despenhadeiro, como fez Jesus. Você simplesmente afastou o cão. Agora, esta força vaga sem rumo atrás de você. Antes de encontrar sua espada, terá que decidir se deseja ser escravo ou senhor desta força."

Meu cansaço começou a passar. Respirei fundo, sentindo a pedra fria do *rollo* nas minhas costas. Petrus me deu mais um pouco de água e prosseguiu:

— Os casos de obsessão acontecem quando se perde o domínio das forças da terra. A maldição do cigano deixou aquela mulher com medo, e o medo abriu uma brecha por onde penetrou o Mensageiro do morto. Este não é um caso comum, mas também não é um caso raro. Depende muito de como você reage às ameaças dos outros.

Desta vez fui eu quem lembrou uma passagem da Bíblia. No livro de Jó estava escrito: "Tudo o que eu mais temia me aconteceu".

— Uma ameaça não pode provocar nada se não é aceita. Ao combater o Bom Combate, nunca se esqueça disso. Assim como não deve esquecer que atacar ou fugir fazem parte da luta. O que não faz parte da luta é ficar paralisado de medo.

Eu não senti medo na hora. Estava surpreso comigo mesmo e comentei o assunto com Petrus.

— Percebi isso. Caso contrário, o cão o teria atacado. E provavelmente teria vencido o combate. Porque o cão também não estava com medo. O mais engraçado, porém, foi a chegada daquela freira. Ao pressentir uma presença positiva, sua fértil imaginação achou que alguém estava chegando para ajudá-lo. E esta sua fé o salvou. Mesmo baseada em um fato absolutamente falso.

Petrus tinha razão. Ele deu uma boa gargalhada e eu ri junto com ele. Levantamos para recomeçar a caminhada. Já estava me sentindo leve e bem-disposto.

— Uma coisa, porém, é preciso que você saiba — disse Petrus enquanto caminhávamos. — O duelo com o cão só pode acabar com a vitória de um dos dois. Ele tornará a aparecer, e da próxima vez procure levar a luta até o fim. Senão, o fantasma dele irá deixá-lo preocupado pelo resto de seus dias.

No encontro com o cigano, Petrus havia me dito que conhecia o nome daquele demônio. Perguntei qual era.

— Legião — respondeu. — Porque são muitos.

Estávamos andando por terras que os camponeses preparavam para a semeadura. Aqui e ali alguns lavradores manejavam bombas de água rudimentares, na luta secular contra o solo árido. Pelas margens do Caminho de Santiago, pedras empilhadas formavam muros que não acabavam nunca, que se cruzavam e se confundiam nos desenhos do campo. Pensei nos muitos séculos em que aquelas terras haviam sido trabalhadas, e mesmo assim ainda surgia sempre uma pedra para tirar, uma pedra que quebrava a lâmina do arado, que deixava manco o cavalo, que marcava de calos a mão do lavrador. Uma luta que começava todo ano e que não acabava nunca.

Petrus estava mais quieto do que de costume, e me lembrei de que, desde cedo, ele não falava quase nada. Depois da conversa junto do *rollo* medieval, ele tinha se trancado num mutismo e não respondia à maior parte de minhas perguntas. Eu queria saber melhor aquela história de "muitos demônios". Ele havia me explicado antes que cada pessoa tem apenas um Mensageiro. Mas Petrus não estava disposto a falar do assunto e resolvi esperar uma oportunidade.

Subimos uma pequena elevação e, ao chegar lá em cima, pude ver a torre principal da igreja de Santo Domingo de La Calzada. A visão me deixou animado; comecei a sonhar com o conforto e a magia do Parador Nacional. Pelo que eu havia lido antes, o prédio tinha sido construído pelo próprio Santo Domingo para hospedar os peregrinos. Certa noite, pernoitara ali São Francisco de Assis, em sua caminhada até Compostela. Tudo aquilo me enchia de excitação.

Deviam ser quase sete horas da tarde quando Petrus pediu que parássemos. Lembrei-me de Roncesvalles, da caminhada lenta quando eu precisava tanto de um copo de vinho por causa do frio, e temi que ele estivesse preparando algo semelhante.

— Um Mensageiro jamais irá ajudá-lo a derrotar outro. Eles não são bons nem maus, como lhe disse antes, mas têm um sentimento de lealdade entre si. Não confie em Astrain para derrotar o cão.

Agora era eu que não estava disposto a falar de Mensageiros. Queria chegar logo a Santo Domingo.

— Os Mensageiros de pessoas mortas podem ocupar

o corpo de alguém dominado pelo medo. Por isso é que, no caso do cão, eles são muitos. Vieram atraídos pelo medo da mulher. Não apenas o do cigano assassinado, mas os diversos Mensageiros que vagavam pelo espaço, procurando uma maneira de entrar em contato com as forças da terra.

Só agora estava respondendo minha pergunta. Mas havia alguma coisa no seu modo de falar que parecia artificial, como se não fosse este o assunto que estava querendo conversar comigo. Meu instinto imediatamente deixou-me de sobreaviso.

— O que você quer, Petrus? — perguntei um pouco irritado.

Meu guia não respondeu. Saiu do caminho e dirigiu-se para uma árvore velha, quase sem folhas, que ficava algumas dezenas de metros dentro do campo e era a única árvore visível no horizonte. Como não tinha feito sinal para que o seguisse, fiquei em pé no caminho e presenciei uma cena estranha: Petrus dava voltas em torno da árvore e dizia algo em voz alta, enquanto olhava para o chão. Quando acabou, fez sinal para que eu me aproximasse.

— Sente-se aqui — disse. Havia um tom diferente em sua voz e eu não podia saber se era carinho ou pena. — Aqui você fica. Amanhã eu o encontro em Santo Domingo de La Calzada.

Antes que eu pudesse dizer qualquer coisa, Petrus continuou:

— Qualquer dia desses — e eu lhe garanto que não será hoje — você terá que enfrentar seu inimigo mais importante no Caminho de Santiago: o cão. Quando este dia chegar, fique tranquilo que estarei por perto e lhe darei a força necessária para o combate. Mas hoje você vai enfrentar outro tipo de inimigo, um inimigo fictício que pode destruí-lo ou se tornar seu melhor companheiro: a Morte.

"O homem é o único ser na natureza que tem consciência de que vai morrer. Por isso, e apenas por isso, tenho um profundo respeito pela raça humana, e acredito que seu futuro será muito melhor do que seu presente. Mesmo sabendo que seus dias estão contados e tudo irá se acabar quando menos espera, ele faz da vida uma luta digna de um ser eterno. O que as pessoas chamam de vaidade — deixar obras, filhos, fazer com que seu nome não seja esquecido — eu considero a máxima expressão da dignidade humana.

"Acontece que, criatura frágil, ele sempre tenta ocultar de si mesmo a grande certeza da Morte. Não vê que ela é que o motiva a fazer as melhores coisas de sua vida. Tem medo do passo no escuro, do grande terror do desconhecido, e sua única maneira de vencer esse medo é esquecer que seus dias estão contados. Não percebe que, com a consciência da Morte, seria capaz de ousar muito mais, de ir muito mais longe nas suas conquistas diárias — porque não tem nada a perder, já que a Morte é inevitável."

A ideia de passar a noite em Santo Domingo já me parecia uma coisa distante. Eu acompanhava cada vez com mais interesse as palavras de Petrus. No horizonte, o sol começava a morrer. Talvez também estivesse escutando aquelas palavras.

— A Morte é nossa grande companheira, porque é ela que dá o verdadeiro sentido a nossa vida. Mas, para poder ver a verdadeira face da Morte, temos antes que conhecer todos os anseios e terrores que a simples menção de seu nome é capaz de despertar em qualquer ser vivo.

Petrus sentou-se debaixo da árvore e pediu que eu fizesse o mesmo. Disse que, momentos antes, tinha dado voltas em torno do tronco porque se recordava de tudo o que havia passado quando era peregrino a caminho de Santiago. Depois, tirou da mochila dois sanduíches que havia comprado na hora do almoço.

— Aqui onde você está não existe nenhum perigo — disse, entregando-me os sanduíches. — Não há cobras venenosas e o cão só voltará a atacá-lo quando esquecer a derrota de hoje de manhã. Também não existem assaltantes nem criminosos pelas redondezas. Você está num lugar absolutamente seguro, com uma única exceção: o perigo do seu medo.

Petrus me disse que dois dias atrás eu havia experimentado uma sensação tão intensa e violenta como a morte, que era o Amor que Devora. E que, em momento algum, eu havia vacilado ou sentido medo — porque eu não tinha preconceitos a respeito do amor universal. Mas todos tínhamos preconceitos com relação à Morte, sem percebermos que ela é apenas mais uma manifestação de Ágape. Respondi-lhe que, com todos os anos de treinamento de magia, eu tinha praticamente perdido o medo da morte. Na verdade, me dava mais pavor a maneira de morrer do que a morte propriamente dita.

— Pois então, hoje à noite, experimente a maneira mais pavorosa de morrer.

E Petrus me ensinou o EXERCÍCIO DO ENTERRADO VIVO.

— Você só deve fazê-lo uma vez — disse ele, enquanto eu me lembrava de um exercício de teatro muito parecido. — É preciso que você desperte toda a verdade, todo o medo necessário para que o exercício possa surgir das raízes da sua alma, e deixar cair a máscara de horror que cobre a face gentil de sua Morte.

Petrus levantou-se e eu vi sua silhueta contra o fundo do céu incendiado pelo pôr do sol. Como eu permanecia sentado, ele dava a impressão de uma figura imponente, gigantesca.

— Petrus, tenho ainda uma pergunta.

— O que é?

— Hoje de manhã você estava calado e estranho. Pressentiu antes de mim a chegada do cão. Como é que isso foi possível?

— Quando experimentamos juntos o Amor que Devora, compartilhamos o Absoluto. O Absoluto mostra aos homens o que eles realmente são, uma imensa teia de causas e efeitos, com cada pequeno gesto de um refletindo na vida do outro. Hoje de manhã essa fatia do Absoluto ainda estava bem viva na minha alma. Eu estava percebendo não apenas você, mas tudo o que existe no mundo, sem limite de espaço ou de tempo. Agora o efeito está mais fraco e só voltará da próxima vez que eu fizer o exercício do Amor que Devora.

Lembrei-me do mau humor de Petrus aquela manhã. Se era verdade o que dizia, o mundo estava passando por um momento muito difícil.

O EXERCÍCIO DO ENTERRADO VIVO

Deite-se no chão e relaxe. Cruze as mãos sobre o peito, na postura de morto.

Imagine todos os detalhes de seu enterro, se ele fosse realizado amanhã. A única diferença é que você está sendo enterrado vivo. À medida que a história vai se desenrolando – capela, caminhada até o túmulo, descida do caixão, os vermes na sepultura –, você vai tensionando cada vez mais todos os músculos, num desesperado esforço de se mover. Mas não se move. Até que, quando não aguentar mais, num movimento que envolva todo o seu corpo, você atira para os lados as tábuas do caixão, respira fundo e está livre. Este movimento terá mais efeito se for acompanhado de um grito, um grito saído das profundezas de seu corpo.

— Estarei esperando você no Parador — disse enquanto se afastava. — Deixo o seu nome na portaria.

Acompanhei-o com os olhos enquanto pude. Nos campos à minha esquerda, os lavradores tinham acabado o serviço e voltavam para casa. Resolvi fazer o exercício assim que a noite caísse.

Eu estava tranquilo. Era a primeira vez que ficava completamente sozinho desde que tinha começado a trilhar o Estranho Caminho de Santiago. Levantei e dei um passeio pelas imediações, mas a noite caía rápido e resolvi voltar para a árvore, com medo de me perder. Antes que sobreviesse a escuridão, marquei mentalmente a distância da árvore até o Caminho. Como não havia qualquer luz que pudesse me ofuscar, seria perfeitamente capaz de ver a picada e chegar até Santo Domingo apenas com o brilho da pequena lua nova que começava a mostrar-se no céu.

Até aquele instante eu não estava com medo algum e achava que seria preciso muita imaginação para despertar em mim os receios de uma morte horrível. Mas não importa quantos anos a gente viva; quando a noite cai, ela traz consigo temores escondidos em nossa alma desde criança. Quanto mais ficava escuro, mais eu me sentia desconfortável.

Estava ali sozinho no campo e, se gritasse, ninguém iria me escutar. Lembrei-me de que poderia ter tido um colapso aquela manhã. Nunca, em toda a minha vida, havia sentido meu coração tão descontrolado.

E se eu tivesse morrido? A vida teria se acabado, era a conclusão mais lógica. Durante o meu caminho na Tradição, eu já conversara com muitos espíritos. Tinha absoluta certeza da vida após a morte, mas nunca me ocorrera perguntar como se dava essa transição. Passar de uma dimensão para outra, por mais preparado que a gente esteja, deve ser terrível. Se eu tivesse morrido aquela manhã, por exemplo, não teria o menor sentido o Caminho de Santiago, os anos de estudo, as saudades da família, o dinheiro escondido no cinto. Lembrei-me de uma planta que eu tinha em cima da mesa de trabalho, no Brasil. A planta continuaria e, como ela, também as outras plantas, os ônibus, o verdureiro da esquina que sempre cobrava mais caro, a telefonista que me informava os números fora do catálogo. Todas essas pequenas coisas — que podiam desaparecer se eu houvesse tido um colapso naquela manhã — ganharam de repente uma enorme importância para mim. Eram elas, e não as estrelas ou a sabedoria, que me diziam que eu estava vivo.

A noite agora estava bem escura e no horizonte eu podia distinguir o brilho débil da cidade. Deitei-me no chão e fiquei olhando os galhos de árvore acima de minha cabeça. Comecei a ouvir ruídos estranhos, de toda espécie. Eram os animais noturnos que saíam para a caçada. Petrus não podia saber tudo, se era tão humano quanto eu. Que garantia eu podia ter de que realmente não existiam serpentes venenosas, e os lobos, os eternos lobos europeus, não podiam ter resolvido passar aquela noite por ali, sentindo o meu cheiro? Um ruído mais forte, semelhante a um galho quebrando, me assustou e meu coração disparou de novo.

Estava ficando muito tenso; o melhor era fazer logo o exercício e ir para o hotel. Comecei a relaxar e cruzei as mãos sobre o peito, na postura de morto. Alguma coisa ao meu lado se mexeu. Eu dei um pulo e fiquei imediatamente de pé.

Não era nada. A noite tinha invadido tudo e trazido consigo os terrores do homem. Deitei-me de novo, desta vez decidido a transformar qualquer medo em um estímulo para o exercício. Percebi que, apesar da temperatura haver baixado bastante, eu estava suando.

Imaginei o caixão sendo fechado e os parafusos colocados no lugar. Eu estava imóvel, mas estava vivo, e tinha vontade de dizer para a minha família que estava vendo tudo, que os amava, mas nenhum som saía da minha boca. Meu pai, minha mãe chorando, os amigos à minha volta, e eu estava sozinho! Com tanta gente querida ali, ninguém era capaz de perceber que eu estava vivo, que ainda não tinha feito tudo o que desejava fazer neste mundo. Tentava desesperadamente abrir os olhos, fazer um sinal, dar uma pancada na tampa do caixão. Mas nada em meu corpo se movia.

Senti que o caixão balançava — estavam me transportando para o túmulo. Podia ouvir o ruído de anéis roçando nas alças de ferro, os passos das pessoas atrás, uma ou outra voz conversando. Alguém disse que tinha um jantar mais tarde, outro comentou que eu havia morrido cedo. O cheiro das flores em torno de minha cabeça começou a me sufocar.

Lembrei-me de que eu havia deixado de cortejar duas ou três mulheres, temendo ser rejeitado. Lembrei-me também de algumas ocasiões em que eu tinha deixado de fazer o que queria, achando que podia fazer mais tarde. Senti uma enorme pena de mim, não só porque estava sendo enterrado vivo, mas porque havia tido medo de viver. Qual o medo de levar um "não", de deixar uma coisa para fazer depois, se o mais importante de tudo era gozar plenamente a vida? Ali estava eu trancado num caixão, e já era tarde demais para voltar atrás e demonstrar a coragem que eu precisava ter tido.

Ali estava eu, que tinha sido o meu próprio Judas e traído a mim mesmo. Ali estava sem poder mover um músculo, a cabeça gritando por socorro e as pessoas lá fora imersas na vida, preocupadas com o que iam fazer à noite, olhando estátuas e edifícios que eu nunca mais tornaria a ver. Um sentimento de grande injustiça me invadiu, por haver sido enterrado enquanto os outros continuavam vivendo. Melhor teria sido uma grande catástrofe, e todos nós juntos no mesmo barco, em direção ao mesmo ponto negro para o qual me carregavam agora. Socorro! Eu estou vivo, não morri, minha cabeça continua funcionando!

Colocaram meu caixão na borda da sepultura. Vão me enterrar! Minha mulher vai me esquecer, vai casar com outro e vai gastar o dinheiro que lutamos para juntar durante todos esses anos! Mas que importância tem isso? Eu quero estar com ela agora, porque estou vivo!

Ouço choros, sinto que dos meus olhos também rolaram duas lágrimas. Se eles abrissem o caixão agora, iam ver e iam me salvar. Mas tudo o que sinto é o caixão baixando na sepultura. De repente, tudo fica escuro. Antes entrava uma frestinha de luz pela borda do caixão, mas agora a escuridão é total. As pás dos coveiros estão cimentando o túmulo, e eu estou vivo! Enterrado vivo! Sinto o ar ficar pesado, o cheiro das flores é insuportável, e ouço os passos das pessoas indo embora. O terror é total. Não consigo me mexer, e se forem embora agora em breve vai ser de noite e ninguém vai me escutar batendo na tumba!

Os passos se afastam, ninguém ouve os gritos que dá meu pensamento, estou sozinho e a escuridão, o ar abafado, o cheiro das flores começam a me enlouquecer. De repente, ouço um ruído. São os vermes, os vermes que se aproximam para me devorar vivo. Tento com todas as forças mover alguma parte do corpo, mas tudo permanece inerte. Os vermes começam a subir pelo meu corpo. São oleosos e frios. Passeiam pelo meu rosto, entram pelas minhas calças. Um deles penetra no meu ânus, outro começa a se esgueirar pela narina. Socorro! Estou sendo devorado vivo e ninguém me escuta, ninguém me diz nada. O verme que entrou pelo nariz desce pela garganta. Sinto outro entrando pelo ouvido. Preciso sair daqui! Onde está Deus, que não responde? Começaram a devorar minha garganta e eu não vou poder mais gritar! Estão entrando por todas as partes, pelo ouvido, pelo canto da boca, pelo orifício do pênis. Sinto aquelas coisas gosmentas e oleosas dentro de mim, tenho que gritar, tenho que me libertar! Estou trancado neste túmulo escuro e frio, sozinho, sendo devorado vivo! O ar está faltando, e os vermes estão me comendo! Tenho que me mover. Tenho que arrebentar este caixão! Meu Deus, junte todas as minhas forças, porque eu tenho que me mover! EU TENHO QUE SAIR DAQUI! TENHO! EU VOU ME MOVER! VOU ME MOVER!

CONSEGUI!

* * *

As tábuas do caixão voaram para todos os lados, o túmulo desapareceu, e eu enchi o peito com o ar puro do Caminho de Santiago. Meu corpo tremia da cabeça aos pés, empapado de suor. Eu me mexi um pouco e percebi que meus intestinos haviam se soltado. Mas nada disso tinha importância: eu estava vivo.

A tremedeira continuava e eu não fiz o menor esforço para controlá-la. Uma imensa sensação de calma interior me invadiu, e senti uma espécie de presença ao meu lado. Olhei e vi o rosto de minha Morte. Não era a morte que eu havia experimentado minutos antes, a morte criada pelos meus terrores e pela minha imaginação, mas a minha verdadeira Morte, amiga e conselheira, que não ia mais me deixar ser covarde nem um dia de minha vida. A partir de agora, ela ia me ajudar mais do que a mão e os conselhos de Petrus. Não ia mais permitir que eu deixasse para o futuro tudo aquilo que eu podia viver agora. Não me deixaria fugir das lutas da vida e ia me ajudar a combater o Bom Combate. Nunca mais, em momento algum, eu iria me sentir ridículo ao fazer qualquer coisa. Porque ali estava ela, dizendo que, quando me pegasse nas mãos para viajarmos até outros mundos, eu não devia carregar comigo o maior pecado de todos: o Arrependimento. Com a certeza de sua presença, olhando seu rosto gentil, eu tive a convicção de que ia beber com avidez da fonte de água viva que é esta existência.

A noite não tinha mais segredos nem terrores. Era uma noite feliz, uma noite de paz. Quando a tremedeira passou, eu levantei e caminhei em direção às bombas de água dos trabalhadores do campo. Lavei a bermuda e coloquei a outra que trazia na mochila. Depois, voltei para a árvore e comi os dois sanduíches que Petrus havia deixado para mim. Era o alimento mais delicioso do mundo, porque eu estava vivo e a Morte não me assustava mais.

Resolvi dormir ali mesmo. Afinal, a escuridão nunca havia sido tão tranquila.

Os vícios pessoais

Estávamos num campo imenso, um campo de trigo liso e monótono, que se estendia por todo o horizonte. A única coisa quebrando o tédio da paisagem era uma coluna medieval encimada por uma cruz, que marcava o caminho dos peregrinos. Chegando em frente à coluna, Petrus largou a mochila no chão e se ajoelhou. Pediu que eu fizesse o mesmo.

— Vamos rezar. Vamos rezar pela única coisa que derrota um peregrino quando ele encontra a sua espada: os seus vícios pessoais. Por mais que ele aprenda com os Grandes Mestres como manejar a lâmina, uma de suas mãos será sempre seu pior inimigo. Vamos rezar para que, caso você consiga encontrar a sua espada, segure-a sempre com a mão que não o escandaliza.

Eram duas horas da tarde. Não se ouvia nenhum ruído, e Petrus começou:

— Tende piedade, Senhor, porque somos peregrinos a caminho de Compostela, e isto pode ser um vício. Fazei em vossa infinita piedade com que jamais consigamos virar o conhecimento contra nós mesmos.

"Tende piedade dos que têm piedade de si mesmos e se acham bons e injustiçados pela vida, porque não mereciam as coisas que lhes aconteceram — pois estes jamais vão conseguir combater o Bom Combate. E tende piedade dos que são cruéis consigo mesmos e só veem maldade nos próprios atos, e se consideram culpados pelas injustiças do mundo. Porque estes não conhecem Vossa lei que diz: 'Até os fios de tua cabeça estão contados'.

"Tende piedade dos que mandam e dos que servem horas seguidas de trabalho, e se sacrificam a troco de um domingo onde está tudo fechado e não existe lugar aonde ir. Mas tende piedade dos que santificam sua obra e vão além dos limites de sua própria loucura, e terminam endividados ou pregados na cruz por seus próprios irmãos. Porque estes não conheceram Vossa lei que diz: 'Sede prudente como as serpentes e simples como as pombas'.

"Tende piedade porque o homem pode vencer o mundo e nunca travar o Bom Combate consigo mesmo. Mas tende piedade dos que venceram o Bom Combate consigo mesmos e agora estão pelas esquinas e bares da vida, porque não conseguiram vencer o mundo. Porque estes não conheceram Vossa lei que diz: 'Quem observa minhas palavras tem que edificar sua casa na rocha'.

"Tende piedade dos que têm medo de segurar na pena, no pincel, no instrumento, na ferramenta, porque acham que alguém já fez melhor que eles e não se sentem dignos de entrar na mansão portentosa da Arte. Mas tende mais piedade dos que seguraram na pena, no pincel, no instrumento e na ferramenta, e transformaram a Inspiração numa forma mesquinha de se sentirem melhores do que os outros. Estes não conheceram Vossa lei que diz:

'Nada está oculto senão para ser manifesto e nada se faz escondido senão para ser revelado'.

"Tende piedade dos que comem, e bebem, e se fartam, mas são infelizes e solitários em sua fartura. Mas tende mais piedade dos que jejuam, censuram, proíbem e se sentem santos, e vão pregar Vosso nome pelas praças. Porque estes não conhecem Vossa lei que diz: 'Se eu testifico a respeito de mim mesmo, meu testemunho não é verdadeiro'.

"Tende piedade dos que temem a Morte e desconhecem os muitos reinos que caminharam e as muitas mortes que já morreram, e são infelizes porque pensam que tudo vai acabar um dia. Mas tende mais piedade dos que já conheceram suas muitas mortes e hoje se julgam imortais, porque desconhecem Vossa lei que diz: 'Quem não nascer de novo não poderá ver o Reino de Deus'.

"Tende piedade dos que se escravizam pelo laço de seda do Amor e se julgam donos de alguém, e sentem ciúmes, e se matam com veneno, e se torturam porque não conseguem ver que o Amor muda como o vento e como todas as coisas. Mas tende mais piedade dos que morrem de medo de amar e rejeitam o amor em nome de um Amor Maior que eles não conhecem, porque não conhecem Vossa lei que diz: 'Quem beber desta água nunca mais tornará a ter sede'.

"Tende piedade dos que reduzem o Cosmos a uma explicação, Deus a uma poção mágica e o homem a um ser com necessidades básicas que precisam ser satisfeitas, porque estes nunca vão ouvir a música das esferas. Mas tende mais piedade dos que possuem a fé cega, e nos laboratórios transformam mercúrio em ouro, e estão cercados de livros sobre os segredos do tarô e o poder das pirâmides. Porque estes não conhecem Vossa lei que diz: 'É das crianças o Reino dos Céus'.

"Tende piedade dos que não veem ninguém além de si mesmos, e para quem os outros são um cenário difuso e distante quando passam pela rua em suas limusines, e se trancam em escritórios refrigerados no último andar, e sofrem em silêncio a solidão do poder. Mas tende piedade dos que abriram mão de tudo e são caridosos, e procuram vencer o mal apenas com amor, porque estes desconhecem Vossa lei que diz: 'Quem não tem espada, que venda sua capa e compre uma'.

"Tende, Senhor, piedade de nós, que buscamos e ousamos empunhar a espada que prometestes, e que somos um povo santo e pecador, espalhado pela Terra. Porque não reconhecemos a nós mesmos, e muitas vezes pensamos que estamos vestidos e estamos nus, pensamos que cometemos um crime e na verdade salvamos alguém. Não Vos esqueceis em Vossa piedade de todos nós, que empunhamos a espada com a mão de um anjo e a mão de um demônio segurando no mesmo punho. Porque estamos no mundo, continuamos no mundo e precisamos de Vós. Precisamos sempre de Vossa lei que diz: 'Quando vos mandei sem bolsa, sem alforje e sem sandálias, nada vos faltou'."

Petrus parou de rezar. O silêncio continuava. Ele estava olhando fixamente o campo de trigo a nossa volta.

A conquista

Chegamos certa tarde às ruínas de um velho castelo da Ordem do Templo. Sentamos para descansar, Petrus fumou seu tradicional cigarro, e eu bebi um pouco do vinho que havia sobrado do almoço. Olhei a paisagem à nossa volta: algumas casas de lavradores, a torre do castelo, o campo com ondulações, a terra aberta, preparada para a semeadura. De repente, à minha direita, passando pelos muros em ruínas, um pastor voltava dos campos, trazendo suas ovelhas. O céu estava vermelho e a poeira levantada pelos animais deixou a paisagem difusa, como se fosse um sonho, uma visão mágica. O pastor levantou a mão e fez um aceno. Respondemos.

As ovelhas passaram diante de nós e seguiram seu caminho. Petrus levantou-se. A cena o tinha impressionado.

— Vamos logo. Precisamos nos apressar — disse ele.

— Por quê?

— Porque sim. Afinal, você não acha que já estamos há muito tempo no Caminho de Santiago?

Mas algo me dizia que sua pressa estava relacionada com a cena mágica do pastor e suas ovelhas.

Dois dias depois chegamos perto de umas montanhas que se elevavam ao sul, quebrando a monotonia dos imensos campos cobertos de trigo. O terreno tinha algumas elevações naturais, mas estava bem sinalizado pelas marcas amarelas do Padre Jordi. Petrus, entretanto, sem me dar qualquer explicação, começou a se afastar das marcas amarelas e a penetrar cada vez mais em direção ao norte. Chamei a atenção para o fato, e ele respondeu de uma maneira seca, dizendo que era meu guia e sabia aonde estava me levando.

Depois de quase meia hora de caminhada comecei a ouvir um ruído semelhante ao de água caindo. Em volta havia apenas os campos queimados pelo sol, e comecei a imaginar que barulho seria aquele. Mas, à medida que caminhávamos, o ruído aumentava cada vez mais, até não restar qualquer sombra de dúvida de que vinha de uma cachoeira. A única coisa fora do comum é que eu olhava em volta e não podia ver nem montanhas, nem cachoeiras.

Foi quando, cruzando uma pequena elevação, deparei com uma extravagante obra da natureza: numa depressão de terreno onde caberia um prédio de cinco andares, um lençol de água despencava-se em direção ao centro da Terra. Pelas bordas do imenso buraco, uma vegetação luxuriante, completamente distinta da do local onde eu estava pisando, emoldurava a água que caía.

— Vamos descer aqui — disse Petrus.

Começamos a descer e me lembrei de Jules Verne, pois era como se caminhássemos em direção ao centro da Terra. A descida era íngreme e difícil, e tive que segurar em galhos espinhosos e pedras cortantes para não cair. Cheguei ao fundo da depressão com braços e pernas arranhados.

— Bela obra da natureza — disse Petrus.

Concordei. Um oásis no meio do deserto, com a vegetação espessa e gotas de água formando arco-íris; era tão belo visto de baixo como de cima.

— Aqui a natureza demonstra sua força — insistiu ele.

— É verdade — assenti.

— E permite que demonstremos nossa força também. Vamos subir esta cachoeira — disse o meu guia. — Pelo meio da água.

Olhei de novo para o cenário à minha frente. Já não conseguia ver o belo oásis, o capricho sofisticado da natureza. Estava diante de um paredão de mais de quinze metros de altura, por onde a água caía com força ensurdecedora. O pequeno lago formado pela queda-d'água tinha um nível que não ultrapassava a altura de um homem em pé, já que o rio escoava com um barulho ensurdecedor para uma abertura que devia chegar às profundezas da terra. Não havia nem pontos no paredão onde eu pudesse me agarrar, nem profundidade suficiente no pequeno lago, para amortecer a queda de alguém. Eu estava diante de uma tarefa absolutamente impossível.

Lembrei-me de uma cena acontecida cinco anos atrás, num ritual extremamente perigoso e que exigia — como este — uma escalada. O Mestre me dera a oportunidade de decidir se queria ou não continuar. Eu era mais jovem, estava fascinado pelos poderes dele e pelos milagres da Tradição, e resolvi ir em frente. Era preciso demonstrar minha coragem e minha bravura.

Depois de quase uma hora subindo a montanha, quando estava diante da parte mais difícil, um vento surgiu com uma força inesperada e eu tive que me agarrar com todas as forças na pequena plataforma onde estava apoiado, para não despencar lá embaixo. Fechei os olhos, esperando pelo pior, e mantive as unhas cravadas na rocha. Qual não foi minha surpresa ao reparar, no minuto seguinte, que alguém me ajudava a ficar numa posição mais confortável e segura. Abri os olhos e o Mestre estava do meu lado.

Fez alguns gestos no ar e o vento parou de súbito. Com uma agilidade misteriosa, na qual havia momentos de puro exercício de levitação, ele desceu a montanha e pediu que eu fizesse o mesmo.

Cheguei lá embaixo com as pernas tremendo e perguntei indignado por que ele não tinha feito o vento parar antes que me atingisse.

— Porque fui eu quem mandou soprar o vento — respondeu.

— Para me matar?

— Para salvá-lo. Você seria incapaz de subir esta montanha. Quando perguntei se queria subir, não estava testando a sua coragem. Estava testando sua sabedoria.

"Você criou uma ordem que não lhe dei. Se soubesse levitar, não haveria problema. Mas você se propôs a ser bravo, quando bastava ser inteligente."

Nesse dia ele me falou de magos que haviam enlouquecido no processo de iluminação e que não podiam mais distinguir entre seus próprios poderes e os poderes de seus discípulos. No decorrer de minha vida conheci grandes homens no terreno da Tradição. Cheguei a conhecer três grandes Mestres — incluindo o meu próprio — que eram capazes de levar o domínio do plano físico a situações muito além do que qualquer homem é capaz de sonhar. Vi milagres, presságios exatos do futuro, conhecimento de encarnações passadas. Meu Mestre me falou da Guerra das Malvinas dois meses antes de os argentinos invadirem as ilhas. Descreveu tudo em detalhes e me explicou o porquê — no plano astral — daquele conflito.

Mas, a partir daquele dia, comecei a notar que além disso existem Magos, como disse o Mestre, "enlouquecidos no processo de iluminação". Eram pessoas em quase tudo iguais aos Mestres, inclusive nos poderes: vi um deles fazer uma semente germinar em quinze minutos de concentração extrema. Mas este homem — e alguns outros — já havia levado muitos discípulos à loucura e ao desespero. Havia casos de pessoas que tinham ido parar em hospitais psiquiátricos e pelo menos uma história confirmada de suicídio. Esses homens estavam na chamada "lista negra" da Tradição, mas era impossível manter controle sobre eles, e sei que muitos continuam atuando até hoje.

Toda essa história me passou pela cabeça numa fração de segundo, ao olhar aquela cachoeira impossível de ser escalada. Pensei no tempo imenso em que eu e Petrus havíamos caminhado juntos, lembrei-me do cão que me atacou e não lhe causou nenhum dano, do descontrole no restaurante com o rapaz que nos servia, da bebedeira na festa de casamento. Só conseguia me lembrar dessas coisas.

— Petrus, eu não vou subir esta cachoeira de jeito nenhum. Por uma única razão: é impossível.

Ele não respondeu nada. Sentou-se na grama verde e eu fiz o mesmo. Ficamos quase quinze minutos em silêncio. Seu silêncio me desarmou e eu tomei a iniciativa de falar de novo.

— Petrus, eu não quero subir esta cachoeira porque vou cair. Eu sei que não vou morrer, pois, quando vi a face de minha Morte, vi também o dia em que ela vai chegar. Mas eu posso cair e ficar aleijado para o resto da vida.

— Paulo, Paulo... — ele me olhou e sorriu. Havia mudado por completo. Em sua voz havia um pouco do Amor que Devora, e seus olhos estavam brilhantes.

— Você vai dizer que estou rompendo um juramento de obediência que fiz antes de começar o Caminho?

— Você não está rompendo este juramento. Você não está com medo, nem com preguiça. Tampouco você deve ter pensado que estou lhe dando uma ordem inútil. Você não quer subir porque deve estar pensando nos Magos Negros.* Usar de seu poder de decisão não significa romper um juramento. Este poder nunca é negado ao peregrino.

* Nome dado, na Tradição, aos Mestres que perderam o contato mágico com o discípulo, conforme explicado anteriormente neste capítulo. Também se usa a expressão para designar Mestres que detiveram seu processo de conhecimento depois de dominarem apenas as forças da Terra.

Olhei para a cachoeira e tornei a olhar para Petrus. Eu avaliava as possibilidades de subir e não encontrava nenhuma.

— Preste atenção — continuou ele. — Eu vou subir antes de você, sem me utilizar de nenhum Dom. E vou conseguir. Se eu conseguir, simplesmente porque eu soube onde colocar os pés, você terá que fazer o mesmo. Dessa maneira eu anulo seu poder de decisão. Se você se recusar, depois de me ver subir, é porque está quebrando um juramento.

Petrus começou a tirar o tênis. Ele era pelo menos dez anos mais velho que eu e, se conseguisse subir, eu não tinha mais nenhum argumento. Olhei a cachoeira e senti um frio na barriga.

Mas ele não se moveu. Apesar de descalço, continuou sentado no mesmo lugar. Começou a olhar o céu e falou:

— A alguns quilômetros daqui houve, em 1502, a aparição da Virgem a um pastor. Hoje é sua festa — a festa da Virgem do Caminho — e vou oferecer minha conquista a ela. Eu o aconselho a fazer o mesmo. Oferecer uma conquista a ela. Não ofereça a dor dos teus pés nem os ferimentos de tuas mãos nas pedras. O mundo inteiro oferece apenas a dor de suas penitências. Não há nada de condenável nisso, mas creio que ela ficaria feliz se, além das dores, os homens lhe oferecessem também suas alegrias.

Eu não estava com nenhuma disposição de falar. Continuava duvidando da capacidade de Petrus de subir o paredão. Achei que tudo aquilo era uma farsa e que na verdade ele estava me envolvendo com sua maneira de falar para depois me obrigar a fazer o que não queria. Por via das dúvidas, porém, fechei os olhos por um instante e rezei para a Virgem do Caminho. Prometi que, se Petrus e eu subíssemos o paredão, eu voltaria àquele lugar algum dia.

— Tudo o que você aprendeu até agora só tem sentido se aplicado a alguma coisa. Lembre-se de que eu lhe disse que o Caminho de Santiago é o caminho das pessoas comuns. Falei isso milhares de vezes. No Caminho de Santiago, e na própria vida, a sabedoria só tem valor se puder ajudar o homem a vencer algum obstáculo.

"Um martelo não teria sentido no mundo se não existissem pregos para ele martelar. E, mesmo existindo pregos, o martelo continuaria sem função caso se limitasse a pensar: 'Eu posso enfiar aqueles pregos com dois golpes'. O martelo tem que agir. Entregar-se na mão do Dono e ser utilizado em sua função".

Lembrei-me das palavras do Mestre em Itatiaia: quem possui uma espada tem que estar constantemente colocando-a à prova, para que ela não enferruje na bainha.

— A cachoeira é o lugar onde você vai colocar em prática tudo o que aprendeu até agora — disse meu guia.
— Uma coisa você já tem a seu favor: conhece a data da sua Morte, e este medo não o deixará paralisado quando precisar decidir rapidamente onde se apoiar. Mas lembre-se de que você terá que trabalhar com a água e construir nela tudo de que precisa; de que você deve cravar a unha no polegar se algum pensamento mau dominá-lo.

"E, sobretudo, de que você tem que se apoiar, a cada instante da subida, no Amor que Devora, porque ele é quem guia e justifica todos os seus passos."

Petrus parou de falar. Tirou a camisa, a bermuda e ficou completamente nu. Depois entrou na água fria da pequena lagoa, molhou-se todo e abriu os braços para o céu. Vi que estava contente, aproveitando o frescor da água e os arco-íris que as gotas formavam ao nosso redor.

— Outra coisa — disse ele antes de entrar por debaixo do véu da cachoeira. — Esta queda-d'água lhe ensinará a maneira de ser mestre. Eu vou subir, mas existe um véu de água entre mim e você. Subirei sem que você possa ver direito onde coloco meus pés e minhas mãos.

"Da mesma forma, um discípulo nunca pode imitar os passos de seu guia. Porque cada um tem uma maneira de ver a vida, de conviver com as dificuldades e com as conquistas. Ensinar é mostrar que é possível. Aprender é tornar possível a si mesmo."

E não disse mais nada. Entrou por debaixo do véu da cascata e começou a subir. Eu via apenas seu vulto, como se vê alguém através de um vidro tosco. Mas percebi que ele estava subindo. Lenta e inexoravelmente, ele progredia em direção ao alto. Quanto mais ele chegava perto do final, mais medo eu tinha, porque ia chegar o momento de fazer o mesmo. Por fim, o instante mais terrível chegou: emergir através da água que caía, sem saltar para a margem. A força da água deveria jogá-lo de volta ao chão. Mas a cabeça de Petrus emergiu lá em cima, e a água que caía passou a ser seu manto prateado. A visão durou muito pouco, porque num momento rápido ele atirou todo o seu corpo para cima, agarrando-se de qualquer jeito ao platô — mas ainda dentro do curso de água. Eu o perdi de vista por alguns instantes.

Finalmente Petrus apareceu numa das margens. Estava com o corpo molhado, cheio da luz do sol, e sorria.

— Vamos! — gritou ele acenando com as mãos. — Agora é a sua vez.

Agora era a minha vez. Ou eu teria que renunciar para sempre à minha espada.

Tirei toda a roupa e rezei de novo para a Virgem do Caminho. Depois, mergulhei de cabeça na água. Estava gelada e meu corpo ficou rígido com o impacto, mas logo fui tomado por uma sensação agradável de estar vivo. Sem pensar muito, caminhei direto para a cachoeira.

O impacto da água sobre minha cabeça me devolveu o absurdo "sentido de realidade", que enfraquece o homem na hora em que é mais necessária sua fé e sua força. Percebi que a cachoeira era muito mais forte do que eu havia pensado e que, se caísse direto em cima do meu peito, era capaz de me derrubar, mesmo estando com os dois pés apoiados na segurança do lago. Atravessei a correnteza e fiquei entre a pedra e a água, num pequeno espaço em que cabia exclusivamente o meu corpo, colado à rocha. E então vi que a tarefa era mais fácil do que eu pensava.

A água não batia naquele lugar, e o que me parecia um paredão polido por fora era na verdade uma pedra cheia de reentrâncias. Fiquei tonto só de pensar que poderia ter renunciado à minha espada com medo de uma pedra lisa, quando na verdade era um tipo de rocha que eu já escalara dezenas de vezes. Parecia estar ouvindo a voz de Petrus me dizer: "Está vendo? Um problema depois de resolvido torna-se de uma simplicidade aterradora".

Comecei a subir com o rosto colado na rocha úmida. Em dez minutos eu vencera quase todo o caminho. Faltava apenas uma coisa: o final, o lugar por onde a água passava antes de despencar lá embaixo. A vitória conquistada naquela subida não adiantaria nada se eu não conseguisse vencer o pequeno trecho que me separava do ar livre. Ali estava o perigo, e era um perigo que eu não tinha visto como Petrus o havia dominado. Tornei a rezar para a Virgem do Caminho, uma virgem sobre a qual nunca tinha ouvido falar antes e que, naquele momento, no entanto, representava toda a minha fé, toda a minha esperança na vitória. Com extremo cuidado, comecei a enfiar a cabeça na torrente de água que rugia por cima de mim.

A água me envolveu por completo e turvou minha visão. Senti seu impacto e me agarrei firmemente à rocha, abaixando a cabeça, de maneira que pudesse formar um bolsão de ar onde respirar. Confiava totalmente nas minhas mãos e nos meus pés. As mãos já haviam segurado uma velha espada e os pés tinham feito o Estranho Caminho de Santiago. Eram meus amigos e estavam me ajudando. Mesmo assim, o barulho da água nos ouvidos era ensurdecedor, e comecei a ter dificuldades de respiração. Resolvi atravessar com a cabeça a corrente e por alguns segundos tudo à minha volta ficou negro. Eu lutava com todas as minhas forças para manter os pés e as mãos agarrados nas saliências, mas o ruído da água parecia me levar a outro lugar, um lugar misterioso e distante, onde nada daquilo tinha a menor importância e onde eu poderia chegar se me entregasse àquela força. Não haveria mais necessidade do esforço sobre-humano que meus pés e mãos estavam fazendo para permanecer colados na rocha: tudo seria descanso e paz.

Entretanto, pés e mãos não obedeceram ao impulso de me entregar. Haviam resistido a uma tentação mortal. E minha cabeça começou a emergir lentamente, da mesma maneira que havia entrado. Fui tomado de um profundo amor pelo meu corpo, que estava ali me ajudando em uma aventura tão louca como a de um homem que cruza uma cachoeira em busca de uma espada.

Quando a cabeça emergiu por completo, eu vi o sol brilhar acima de mim e inspirei profundamente o ar a minha volta. Isso me deu novo vigor. Olhei em volta e divisei, a alguns centímetros de mim, o platô por onde havíamos caminhado antes e que era o fim da jornada. Senti um impulso gigantesco de atirar-me e agarrar em algum canto, mas não podia ver nenhuma reentrância, por causa da água que caía. O impulso final era grande, mas não era chegado o momento da conquista, e eu tinha que me controlar. Fiquei na posição mais difícil de toda a escalada, com a água batendo no meu peito, a pressão lutando para me mandar de volta à terra, de onde eu havia ousado sair por causa dos meus sonhos.

Não era o momento de pensar em Mestres, amigos, e eu não podia olhar para o lado e ver se Petrus estava em condição de me salvar, caso escorregasse. "Ele deve ter feito esta escalada um milhão de vezes", pensei, "e sabe que aqui eu preciso desesperadamente de ajuda." Mas ele me abandonou. Ou talvez não tenha me abandonado, esteja por detrás de mim, mas eu não posso virar a cabeça porque isso me desequilibraria. Tenho que fazer tudo. Tenho que conseguir, sozinho, minha Conquista.

Mantive os pés e uma das mãos cravados na rocha, enquanto a outra se soltava e procurava se harmonizar com a água. Ela não devia oferecer a menor resistência, porque já estava utilizando o máximo de minhas forças. Minha mão, sabendo disso, passou a ser um peixe que se entregava, mas que sabia aonde desejava chegar. Lembrei-me de filmes da infância, nos quais eu via salmões pulando sobre quedas-d'água, porque tinham uma meta e precisavam, também eles, atingi-la.

O braço foi lentamente subindo, aproveitando a própria força da água. Consegui finalmente livrá-lo e cabia exclusivamente a ele, agora, descobrir o apoio e o destino do resto do meu corpo. Como um salmão dos filmes da infância, ele tornou a mergulhar na água sobre o platô, em busca de um lugar, de um ponto qualquer onde eu pudesse me apoiar para o salto final.

Entretanto, a pedra tinha sido lavada e polida por séculos de água correndo ali. Mas devia haver uma reentrância: se Petrus havia conseguido, eu também podia. Comecei a sentir muita dor, porque sabia que estava a um passo do final, e este era o momento em que as forças fraquejam e o homem não tem confiança em si mesmo. Algumas vezes, na minha vida, tinha perdido no último momento, nadado um oceano e me afogado nas ondas da arrebentação. Mas eu estava fazendo o Caminho de Santiago, e esta história não podia se repetir sempre — eu precisava vencer naquele dia.

A mão livre deslizava pela rocha lisa e a pressão ia ficando cada vez mais forte. Sentia que os outros membros não aguentavam mais e que eu podia ter câimbras a qualquer momento. A água batia com força também nos meus órgãos genitais e a dor era intensa. De repente, entretanto, a mão livre conseguiu achar uma reentrância na pedra. Não era grande e estava fora do caminho de subida, mas serviria de apoio para a outra mão, quando chegasse a sua vez. Marquei mentalmente o local e a mão livre saiu novamente em busca da minha salvação. A poucos centímetros da primeira reentrância, uma outra base de apoio me esperava.

Ali estava ela. Ali estava o lugar que, durante séculos, serviu e apoiou os peregrinos a caminho de Santiago. Percebi isto e me agarrei com todas as minhas forças. A outra mão se soltou, foi jogada para trás por causa da força do rio, mas descreveu um grande arco no céu e encontrou o lugar que a esperava. Num movimento imediato, todo o meu corpo seguiu o caminho aberto por meus braços e eu me atirei para cima.

O grande e último passo fora dado. O corpo inteiro cruzou a cascata e, no momento seguinte, a selvageria da cachoeira era apenas um fio de água, quase sem corrente. Rastejei para a margem e me entreguei ao cansaço. O sol batia no meu corpo, me aquecia e me lembrava de novo que eu tinha vencido e que continuava tão vivo como antes, quando estava no lago lá embaixo. Apesar do barulho da água, senti os passos de Petrus se aproximando.

Quis me levantar para expressar minha alegria, mas o corpo exausto recusou-se a obedecer.

— Fique tranquilo, descanse — disse ele. — Procure respirar devagar.

Fiz isso e caí num sono profundo e sem sonhos. Quando acordei, o sol tinha mudado de posição e Petrus, já completamente vestido, me estendeu minhas roupas e disse que precisávamos seguir.

— Estou muito cansado — respondi.

— Não se preocupe. Vou ensiná-lo a tirar energia de tudo o que o cerca.

E Petrus me ensinou O SOPRO DE RAM.

Realizei o exercício durante cinco minutos e me senti melhor. Levantei-me, vesti as roupas e peguei a mochila.

— Venha aqui — disse Petrus. E caminhei até a beira do platô. Debaixo dos meus pés, rugia a cachoeira.

— Vista daqui, parece muito mais fácil do que vista de baixo — disse eu.

— Exatamente. E se eu tivesse lhe mostrado esta cena antes, você teria sido traído. Teria avaliado mal suas possibilidades.

Continuava fraco e repeti o exercício. Aos poucos, todo o Universo à minha volta começou a harmonizar-se comigo e a penetrar no meu coração. Perguntei por que não havia me ensinado o SOPRO DE RAM antes, já que muitas vezes eu tivera preguiça e cansaço no Caminho de Santiago.

— Porque você nunca tinha demonstrado isso — disse ele rindo e me perguntando se eu ainda tinha os deliciosos biscoitos amanteigados que havia comprado em Astorga.

O SOPRO DE RAM

Solte todo o ar dos pulmões, esvaziando-os o mais possível. Depois, inspire lentamente à medida que levanta os braços até o alto. Enquanto inspira, conscientize-se de que, para dentro de si mesmo, está entrando amor, paz e harmonia com o Universo.

Mantenha a respiração presa e os braços levantados o máximo de tempo possível, gozando a harmonia interior e exterior. Quando chegar ao limite, solte todo o ar numa rápida expiração, enquanto pronuncia a palavra RAM.

Repetir durante cinco minutos.

A loucura

Havia quase três dias estávamos fazendo uma espécie de marcha forçada. Petrus me despertava antes do alvorecer e só parávamos de andar às nove da noite. Os únicos descansos concedidos eram por ocasião das refeições, já que meu guia havia abolido a sesta do início da tarde. Dava a impressão de que estava seguindo um misterioso programa, que não me era dado conhecer.

Além disso, ele havia mudado por completo seu comportamento. No começo pensei que tinha sido por causa da minha dúvida no episódio da cachoeira, mas percebi que não. Mostrava-se irritadiço com todos e olhava para o relógio várias vezes por dia. Lembrei-lhe que me dissera que nós mesmos criávamos a noção de tempo.

— Você está cada dia mais esperto — respondeu ele. — Vamos ver se vai colocar toda essa esperteza em prática quando precisar.

Certa tarde eu estava tão cansado com o ritmo da caminhada que simplesmente não conseguia me levantar. Petrus então mandou que eu tirasse a camisa e encostasse a coluna vertebral numa árvore que havia por perto. Fiquei assim por alguns minutos e logo me senti bem-disposto. Ele começou a me explicar que os vegetais, principalmente as árvores maduras, são capazes de transmitir harmonia quando alguém encosta seu centro nervoso no tronco. Durante horas, discorreu sobre as propriedades físicas, energéticas e espirituais das plantas.

Como eu já havia lido aquilo tudo em algum lugar, não me preocupei em fazer anotações. Mas o discurso de Petrus serviu para desfazer a sensação de que estava aborrecido comigo. Passei a encarar seu silêncio com mais respeito e ele, talvez adivinhando minhas preocupações, procurava ser simpático sempre que seu mau humor habitual lhe permitia.

Certa manhã chegamos a uma imensa ponte, totalmente desproporcional para o pequeno fio de água que corria debaixo dela. Era domingo bem cedo, e as tabernas e os bares da pequena cidade nas imediações ainda estavam fechados. Sentamos ali para tomar o café da manhã.

— O homem e a natureza têm caprichos iguais — disse eu, tentando puxar assunto. — Nós construímos belas pontes, e ela se encarrega de desviar o curso dos rios.

— É a seca — disse ele. — Acabe logo com o sanduíche porque temos que continuar.

Resolvi perguntar-lhe o porquê de tanta pressa.

— Estou há muito tempo no Caminho de Santiago, já lhe disse. Deixei muitas coisas para fazer na Itália. Preciso voltar logo.

A frase não me convenceu. Podia ser verdade, mas esse não era o único motivo. Quando ia insistir na resposta, ele mudou de assunto.

— O que você sabe desta ponte?

— Nada — respondi. — E, mesmo com a seca, ela é desproporcional demais. Acredito que o rio teve seu curso desviado.

— Quanto a isto, não tenho ideia — disse Petrus. — Mas ela é conhecida no Caminho de Santiago como "O Passo Honroso". Estes campos aqui a nossa volta foram o cenário de sangrentas batalhas entre suevos e visigodos, e, mais tarde, entre os soldados de Alfonso III e os mouros. Talvez ela seja tão grande assim para que todo este sangue pudesse correr sem inundar a cidade.

Era uma tentativa de humor macabro. Eu não ri. Ele ficou meio sem jeito, mas continuou:

— Entretanto, não foram as hostes de visigodos, nem os brados triunfantes de Alfonso III que deram nome a esta ponte. Mas uma história de Amor e de Morte.

"Nos primeiros séculos do Caminho de Santiago, à medida que refluíam de toda a Europa peregrinos, padres, nobres e até mesmo reis que queriam prestar sua homenagem ao Santo, também chegaram assaltantes e bandoleiros. A história registra inúmeros casos de roubos de caravanas inteiras de peregrinos e de crimes horríveis cometidos contra os viajantes solitários."

Tudo se repete, pensei com meus botões.

— Por causa disso, alguns nobres cavaleiros resolveram dar proteção aos peregrinos, e cada um deles se encarregou de guardar uma parte do Caminho. Mas, como os rios mudam seu curso, também o ideal dos homens está sujeito a mudanças. Além de espantar os malfeitores, os cavaleiros andantes começaram a disputar entre si qual era o mais forte e o mais corajoso do Caminho de Santiago. Não tardou muito e começaram a lutar uns com os outros, e os bandidos voltaram a agir impunemente nas estradas.

"Isso aconteceu durante muito tempo até que, em 1434, um nobre da cidade de Leão se apaixonou por uma mulher. Chamava-se Don Suero de Quiñones, era rico e forte, e tentou de todas as maneiras receber a mão de sua dama em casamento. Mas esta senhora — que a história esqueceu de guardar o nome — não quis sequer tomar conhecimento daquela imensa paixão, e rejeitou o pedido."

Eu estava louco de curiosidade para saber que relação havia entre um amor rejeitado e a briga dos cavaleiros andantes. Petrus notou meu interesse e disse que só contava o resto da história se eu terminasse com o sanduíche e nós começássemos imediatamente a caminhar.

— Parece minha mãe quando eu era criança — respondi. Mas engoli o pedaço de pão que estava faltando, peguei a mochila e começamos a cruzar a cidadezinha adormecida.

— Ferido em seu amor-próprio — continuou Petrus—, nosso cavaleiro resolveu fazer exatamente aquilo que todos os homens fazem quando se sentem rejeitados: começar uma guerra particular. Prometeu a si mesmo que iria realizar uma façanha tão importante que a donzela nunca mais esqueceria seu nome. Durante muitos meses, procurou um ideal nobre ao qual consagrar aquele amor rejeitado. Até que, certa noite, ouvindo falar dos crimes e das lutas no Caminho de Santiago, teve uma ideia.

"Reuniu dez amigos, instalou-se aqui nesta cidadezinha onde estamos passando e mandou espalhar pelos peregrinos que iam e voltavam pelo Caminho de Santiago que estava disposto a permanecer ali trinta dias — e quebrar trezentas lanças — para provar que ele era o mais forte e o mais ousado de todos os cavaleiros do Caminho. Acamparam com suas bandeiras, estandartes, pajens e criados, e ficaram esperando os desafiantes."

Imaginei que festa deve ter sido. Javalis assados, vinho à vontade, música, histórias e luta. Um quadro apareceu vivo na minha mente, enquanto Petrus continuava a contar o resto da história.

— As lutas começaram no dia 10 de julho, com a chegada dos primeiros cavaleiros. Quiñones e seus amigos combatiam durante o dia e preparavam grandes festas de noite. As lutas eram sempre na ponte, para que ninguém pudesse fugir. Certa época chegaram tantos desafiantes que fogueiras eram acesas em toda a extensão da ponte, para que os combates pudessem continuar pela madrugada. Todos os cavaleiros vencidos eram obrigados a jurar que nunca mais iriam lutar contra os outros, e dali por diante sua única missão seria proteger os peregrinos até Compostela.

"A fama de Quiñones percorreu em poucas semanas toda a Europa. Além dos cavaleiros do caminho, começaram a afluir também generais, soldados e bandidos para desafiá-lo. Todos sabiam que quem conseguisse vencer o bravo cavaleiro de Leão iria ficar famoso da noite para o dia, com o nome coroado de glória. Mas, enquanto os outros buscavam apenas fama, Quiñones tinha um propósito muito mais nobre: o amor de uma mulher. E este ideal fez com que vencesse todos os combates.

"No dia 9 de agosto as lutas terminaram e Don Suero de Quiñones foi reconhecido como o mais bravo e o mais valente de todos os cavaleiros do Caminho de Santiago. A partir dessa data, ninguém ousou mais contar bravatas sobre coragem, e os nobres voltaram a combater o único inimigo comum: os bandoleiros que assaltavam os peregrinos. Esta epopeia, mais tarde, iria dar início à Ordem Militar de Santiago da Espada."

Tínhamos acabado de cruzar a pequena cidade. Senti vontade de voltar e olhar novamente "O Passo Honroso", a ponte onde se passara toda aquela história. Mas Petrus pediu que seguíssemos em frente.

— E o que aconteceu com Don Quiñones? — perguntei.

— Foi até Santiago de Compostela e depositou em seu relicário uma gargantilha de ouro, que até hoje adorna o busto de Santiago Menor.

— Estou perguntando se ele terminou casando com a donzela.

— Ah, isso eu não sei — respondeu Petrus. — Nessa época, a História era escrita apenas por homens. E, perto de tanta cena de luta, quem iria se interessar pelo final de uma história de amor?

Depois de me contar a história de Don Suero Quiñones, meu guia voltou ao seu mutismo habitual; caminhamos mais dois dias em silêncio e quase sem parar para descanso. Entretanto, no terceiro dia, Petrus começou a andar mais devagar que o normal. Disse que estava um pouco cansado de todo o esforço feito naquela semana e que já não tinha mais idade nem disposição para seguir aquele ritmo. Mais uma vez eu tive certeza de que não estava falando a verdade: seu rosto, em vez de cansaço, demonstrava uma preocupação intensa, como se algo de muito importante estivesse para acontecer.

Naquela tarde chegamos a Foncebadón, um povoado imenso, mas completamente em ruínas. As casas, construídas de pedra, tinham os seus telhados em ardósia destruídos pelo tempo e pelo apodrecimento das madeiras de sustentação. Um dos lados do povoado dava para um precipício, e a nossa frente, atrás de um monte, estava um dos mais importantes marcos do Caminho de Santiago: a Cruz de Ferro. Dessa vez era eu que estava impaciente e querendo chegar logo àquele estranho monumento, composto de um imenso tronco de quase dez metros de altura, encimado por uma Cruz de Ferro. A cruz havia sido deixada ali desde a época da invasão de César, em homenagem a Mercúrio. Seguindo a tradição pagã, os peregrinos da Rota Jacobea costumavam depositar a seus pés uma pedra trazida de longe. Aproveitei a abundância de rochas da cidade abandonada e peguei no chão um pedaço de ardósia.

Só quando resolvi apressar o passo é que percebi que Petrus estava andando muito devagar. Examinava as casas em ruínas, mexia em troncos caídos e restos de livros, até que resolveu sentar-se no meio da praça do local, onde havia uma cruz de madeira.

— Vamos descansar um pouco — disse ele.

Era entardecer, e mesmo que ficássemos ali por uma hora ainda dava tempo de chegar à Cruz de Ferro antes que a noite caísse.

Sentei ao seu lado e fiquei olhando a paisagem vazia. Da mesma maneira que os rios mudavam de lugar, também mudavam de lugar os homens. As casas eram sólidas e devem ter demorado muito tempo para desabar. Era um lugar bonito, com montanhas atrás e um vale na frente; perguntei a mim mesmo o que havia feito tanta gente abandonar um local como este.

— Você acha que Don Suero de Quiñones era um louco? — perguntou Petrus.

Eu já não lembrava mais quem era Don Suero, e ele teve que me recordar do "Passo Honroso".

— Acho que não era louco — respondi. Mas fiquei em dúvida sobre minha resposta.

— Pois ele era, da mesma maneira que Alfonso, o monge que você conheceu, também é. Como eu sou, e a maneira de manifestar essa loucura está nos desenhos que faço. Ou você, que busca sua espada. Todos temos dentro de nós, ardendo, a chama santa da loucura, que é alimentada por Ágape.

"Não precisa para isso querer conquistar a América, ou conversar com as aves — como São Francisco de Assis. Um verdureiro na esquina pode manifestar essa chama santa da loucura se ele gostar do que faz. Ágape existe além dos conceitos humanos, e é contagioso, porque o mundo tem sede dele."

Petrus me disse que eu sabia despertar Ágape através do Globo Azul. Mas, para que Ágape pudesse florescer, eu não podia ter medo de mudar minha vida. Se eu gostava do que estava fazendo, muito bem. Mas, se não gostava, sempre havia tempo de mudar. Permitindo que acontecesse uma mudança, eu estava me transformando num terreno fértil e deixando que a Imaginação Criadora lançasse sementes em mim.

— Tudo o que lhe ensinei, inclusive Ágape, só faz sentido se você estiver satisfeito consigo mesmo. Se isso não estiver acontecendo, os exercícios que aprendeu vão levá-lo inevitavelmente ao desejo de mudança. E, para que todos os exercícios que foram aprendidos não se voltem contra você, é necessário permitir que uma mudança aconteça.

"Este é o momento mais difícil da vida de um homem. Quando ele vê o Bom Combate e se sente incapaz de mudar de vida e partir para a luta. Se isso acontecer, o conhecimento se voltará contra quem o possui."

Olhei a cidade de Foncebadón. Talvez aquelas pessoas todas, coletivamente, tivessem sentido essa necessidade de mudar. Perguntei se Petrus tinha escolhido aquele cenário, propositadamente, para me dizer isso.

— Não sei o que se passou aqui — respondeu. — Muitas vezes as pessoas são obrigadas a aceitar uma mudança provocada pelo destino, e não é disso que estou falando. Estou falando de um ato de vontade, um desejo concreto de lutar contra tudo aquilo que não o deixa satisfeito no seu dia a dia.

"No caminho da existência, sempre encontramos problemas difíceis de resolver. Como, por exemplo, passar dentro da água de uma cachoeira sem que ela o derrube. Então você tem que deixar a Imaginação Criadora agir. No seu caso, existia ali um desafio de vida e morte, e não havia tempo para muita escolha: Ágape indicou-lhe o único caminho.

"Mas existem problemas nesta vida em que temos que escolher entre um caminho e outro. Problemas cotidianos, como uma decisão empresarial, um rompimento afetivo, um encontro social. Cada uma dessas pequenas decisões que estamos tomando a cada minuto de nossa existência pode significar a escolha entre a vida e a morte. Quando você sai de casa de manhã para ir ao trabalho, pode escolher entre um transporte que o deixe são e salvo na porta do emprego ou um outro que irá se chocar e matar seus ocupantes. Este é um exemplo radical de como uma simples decisão pode afetar uma pessoa para o resto da vida."

Comecei a pensar em mim mesmo enquanto Petrus falava. Tinha escolhido fazer o Caminho de Santiago em busca de minha espada. Era ela o que mais me importava agora, e precisava encontrá-la de qualquer maneira. Tinha que tomar a decisão certa.

— A única maneira de tomar a decisão certa é sabendo qual é a decisão errada — disse ele depois que lhe falei de minha preocupação. — É examinar o outro caminho, sem medo e sem morbidez, e, depois disso, decidir.

Petrus então me ensinou o EXERCÍCIO DAS SOMBRAS.

— Seu problema é sua espada — disse ele, depois que concluiu a explicação do exercício.

O EXERCÍCIO DAS SOMBRAS

Relaxe.

Durante cinco minutos, fique olhando todas as sombras de objetos ou pessoas ao seu redor. Procure saber exatamente que parte do objeto ou da pessoa está sendo refletida.

Nos cinco minutos seguintes, continue fazendo isso, mas, ao mesmo tempo, localize o problema que deseja resolver e busque todas as possíveis soluções erradas para ele.

Finalmente, fique mais cinco minutos olhando as sombras e pensando quais as soluções certas que sobraram. Elimine uma a uma, até restar apenas a solução exata para o problema.

Eu concordei.

— Então faça este exercício agora. Vou sair e dar uma volta. Quando retornar, sei que terá a solução acertada.

Lembrei-me da pressa de Petrus todos aqueles dias e de toda essa conversa naquela cidade abandonada. Parecia que ele estava procurando ganhar tempo para também ele decidir alguma coisa. Fiquei animado e comecei a fazer o exercício.

Fiz um pouco de Sopro de RAM para me harmonizar com o ambiente. Depois marquei quinze minutos no relógio e comecei a olhar as sombras ao redor. Sombras de casas em ruínas, de pedra, madeira, da cruz velha atrás de mim. Olhando as sombras, percebi como era difícil saber a parte exata que estava sendo refletida. Nunca tinha pensado nisso. Algumas traves retas se transformavam em objetos angulares, e uma pedra irregular tinha um formato redondo quando refletida. Fiz isso durante os primeiros dez minutos. Não foi difícil concentrar-me, porque o exercício era fascinante. Comecei então a pensar nas soluções erradas para encontrar minha espada. Um sem-número de ideias passou-me pela cabeça — desde tomar um ônibus para Santiago até telefonar para minha mulher e, através de chantagem emocional, conseguir saber onde ela a tinha colocado.

Quando Petrus voltou, eu estava sorrindo.

— E então? — perguntou ele.

— Descobri como Agatha Christie escreve seus romances policiais — brinquei. — Ela transforma a hipótese mais errada na hipótese certa. Ela deve ter conhecido o exercício das sombras.

Petrus perguntou onde estava minha espada.

— Vou descrever-lhe primeiro a hipótese mais errada que consegui formular olhando as sombras: a espada está fora do Caminho de Santiago.

— Você é um gênio. Descobriu que estamos andando há tanto tempo em busca de sua espada. Achei que lhe tivessem dito isso ainda no Brasil.

— E guardada num lugar seguro — continuei —, onde minha mulher não teria acesso. Deduzi que ela está num lugar absolutamente aberto, mas que se incorporou de tal forma ao ambiente que não é vista.

Petrus não riu desta vez. Eu continuei:

— E como o mais absurdo seria que estivesse num local cheio de gente, ela está num lugar quase deserto. Além do mais, para que as poucas pessoas que a vejam não percebam a diferença entre uma espada como a minha e uma espada típica espanhola, ela deve estar num local onde ninguém saiba distinguir estilos.

— Você acha que ela está aqui? — perguntou ele.

— Não, ela não está aqui. A coisa mais errada seria fazer este exercício no local onde está a espada. Esta hipótese eu descartei logo. Porém deve estar numa cidade parecida com esta, mas que não esteja abandonada, porque uma espada numa cidade abandonada chamaria muita atenção dos peregrinos e passantes. Em pouco tempo ela estaria enfeitando as paredes de um bar.

— Muito bem — disse ele, e notei que estava orgulhoso de mim ou do exercício que me havia ensinado.

— Tem mais uma coisa — disse eu.

— O que é?

— O local mais errado para estar a espada de um Mago seria um lugar profano. Ela deve estar num lugar sagrado. Como uma igreja, por exemplo, onde ninguém se atreveria a roubá-la. Resumindo: numa igreja de uma pequena cidade perto de Santiago, à vista de todos, mas harmonizando com o ambiente, está a minha espada. A partir de agora, vou visitar todas as igrejas do Caminho.

— Não é preciso — disse ele. — Quando chegar o momento, você reconhecerá o lugar.

Eu havia conseguido.

— Escute, Petrus, por que andamos tão rápido e agora estamos tanto tempo numa cidade abandonada?

— Qual seria a decisão mais errada?

Olhei as sombras de relance. Ele tinha razão. Estávamos ali por algum motivo.

O sol escondeu-se atrás da montanha, mas ainda faltava muita luz para terminar o dia. Eu pensava que naquele momento o sol devia estar batendo na Cruz de Ferro, a cruz que eu queria ver e que estava apenas a algumas centenas de metros de mim. Queria saber o porquê daquela espera. Tínhamos andado muito rápido a semana inteira, e o único motivo me parecia ser que precisávamos chegar ali naquele dia e naquela hora.

Tentei puxar conversa para ajudar o tempo passar, mas percebi que Petrus estava tenso e concentrado. Eu já o havia visto muitas vezes de mau humor, mas não me recordava de tê-lo visto tenso. De repente, lembrei-me de que já o tinha visto assim uma vez. Foi num café da manhã de uma cidadezinha da qual nem me recordava o nome, pouco antes de encontrarmos...

Olhei para o lado. Ali estava ele. O Cão.

O cão violento que me atirou no chão uma vez, o cão covarde que saiu correndo da vez seguinte. Petrus havia prometido ajudar-me em nosso próximo encontro, e me virei para ele. Mas ao meu lado não havia mais ninguém.

Mantive os olhos grudados nos olhos do animal, enquanto minha cabeça procurava rapidamente uma maneira de enfrentar aquela situação. Nenhum de nós dois fez qualquer movimento, e eu me lembrei por um segundo dos duelos de filmes de faroeste em cidades abandonadas. Ninguém jamais sonharia em colocar um homem duelando com um cão, inverossímil demais. E no entanto ali estava eu, vivendo na realidade o que na ficção seria inverossímil.

Ali estava Legião, porque eram muitos. Ao meu lado havia uma casa abandonada. Se eu corresse de repente, podia subir no telhado, e Legião não iria me seguir. Estava preso dentro do corpo e das possibilidades de um cão.

Deixei logo a ideia de lado, enquanto mantinha os olhos fixos nos dele. Durante muitas vezes no Caminho eu tinha sentido medo deste momento, e agora este momento havia chegado. Antes de encontrar minha espada, eu tinha que me encontrar com o Inimigo, e vencer ou ser derrotado por ele. Só me restava enfrentá-lo. Se fugisse, iria cair numa armadilha. Podia ser que o cão não voltasse mais, porém eu ia caminhar com medo até Santiago de Compostela. Mesmo depois eu iria sonhar noites inteiras com o cão, pensando que ele ia aparecer no próximo minuto e vivendo apavorado o resto de meus dias.

Enquanto refletia sobre isso, o cão se moveu em minha direção. Parei de pensar e me concentrei exclusivamente na luta que ia ter início. Petrus fugiu e agora eu estava sozinho. Senti medo. E quando senti medo o cão começou a caminhar lentamente em minha direção, ao mesmo tempo que rosnava baixinho. O rosnar contido era muito mais ameaçador que um latido alto, e meu medo aumentou. Percebendo a fraqueza nos meus olhos, o cão se atirou sobre mim.

Foi como se uma pedra tivesse batido no meu peito. Fui atirado ao chão e ele começou a me atacar. Tive uma vaga lembrança de que conhecia minha Morte, que não ia ser desta maneira, mas o medo crescia dentro de mim e eu não consegui controlá-lo. Comecei a lutar para defender apenas meu rosto e minha garganta. Uma dor forte da perna fez com que eu me encolhesse todo, e percebi que alguma carne havia sido rasgada. Tirei as mãos da cabeça e do pescoço e levei-as em direção à ferida. O cão aproveitou e preparou-se para atacar meu rosto. Neste momento, uma das mãos tocou numa pedra ao meu lado. Peguei imediatamente a pedra e comecei a bater com todo o meu desespero no cão.

Ele se afastou um pouco, mais surpreso que ferido, e eu consegui me levantar. O cão continuou recuando, mas a pedra suja de sangue me deu ânimo. Eu estava respeitando demais a força do meu inimigo, e aquilo era uma armadilha. Ele não podia ter mais força do que eu. Ele podia ser mais ágil, mas não podia ter mais força, porque eu era mais pesado e mais alto que ele. O medo já não era tão grande, mas eu estava descontrolado e comecei a berrar com a pedra na mão. O animal recuou mais um pouco e de repente parou.

Parecia ler meus pensamentos. No meu desespero, eu estava me sentindo forte mas ridículo por estar lutando com um cão. Uma sensação de Poder me invadiu de repente e um vento quente começou a soprar naquela cidade deserta. Passei a sentir um tédio enorme de continuar aquela luta — afinal de contas, bastava acertá-lo com a pedra no meio da cabeça e eu teria vencido. Quis parar de imediato com aquela história, ver o ferimento na minha perna e acabar de vez com aquela absurda experiência de espadas e estranhos caminhos de Santiago.

Era mais uma armadilha. O cão deu um salto e me derrubou de novo no chão. Desta vez ele conseguiu evitar a pedra com habilidade, mordendo minha mão e fazendo com que a soltasse. Comecei a socá-lo com as mãos nuas, mas não estava lhe causando nenhum dano sério. Tudo o que conseguia evitar é que me mordesse ainda mais. As unhas afiadas começaram a rasgar minha roupa e meus braços, e vi que era apenas uma questão de tempo para que me dominasse por completo.

De repente escutei uma voz dentro de mim. Uma voz dizendo que se ele me dominasse a luta acabaria e eu estaria salvo. Derrotado mas vivo. Minha perna doía e o corpo inteiro estava ardendo por causa dos arranhões. A voz insistia para que eu abandonasse a luta, e eu a reconheci: era a voz de Astrain, meu Mensageiro, falando comigo. O cão parou por um momento, como se também ouvisse a mesma voz, e mais uma vez eu tive vontade de abandonar tudo aquilo. Astrain me dizia que muita gente nesta vida não achou a sua espada, e que diferença isso podia fazer? Eu queria mesmo era voltar para casa, estar com minha mulher, ter meus filhos e trabalhar no que gosto. Chega de tantos absurdos, de enfrentar cães e subir por cachoeiras. Era a segunda vez que eu pensava isso, mas agora a vontade estava mais forte, e eu tive certeza de que iria me render no próximo segundo.

Um barulho na rua da cidade abandonada chamou a atenção do animal. Olhei para o lado e vi um pastor trazendo suas ovelhas de volta do campo. Lembrei-me de que já vira aquela mesma cena antes, nas ruínas de um velho castelo. Quando o cão notou as ovelhas, saltou de cima de mim e preparou-se para atacá-las. Era a minha salvação.

O pastor começou a gritar e as ovelhas correram por todos os cantos. Antes que o cão se afastasse por completo eu resolvi resistir por mais um segundo, só para dar tempo de os animais fugirem, e segurei o cão por uma das pernas. Veio a esperança absurda de que o pastor talvez viesse em meu auxílio, e voltou por um momento a esperança da espada e do Poder de RAM.

O cão tentava se desvencilhar de mim. Eu já não era mais o inimigo, era um importuno. O que ele queria agora estava ali em sua frente, as ovelhas. Mas continuei agarrado à perna do animal, esperando um pastor que não vinha, esperando as ovelhas que não fugiam.

Este segundo salvou minha alma. Uma força imensa começou a surgir dentro de mim, e não era mais a ilusão do Poder, que provoca o tédio e a vontade de desistir. Astrain sussurrou de novo, mas algo diferente. Dizia que eu devia enfrentar sempre o mundo com as mesmas armas com que era desafiado. E que eu só podia enfrentar um cão me transformando num cão.

Esta era a loucura de que Petrus havia me falado naquele dia. E comecei a me sentir um cão. Arreganhei os dentes e rosnei baixo, destilando ódio nos ruídos que fazia. Vi de relance o rosto assustado do pastor e as ovelhas com tanto medo de mim quanto do cão.

Legião percebeu e começou a se assustar. Então dei um bote. Era a primeira vez que fazia isso em todo o combate. Ataquei com os dentes e as unhas, tentando morder o cachorro no pescoço, exatamente da maneira que eu temia que fizesse comigo. Dentro de mim existia apenas um desejo imenso de vitória. Nada mais tinha importância. Atirei-me sobre o animal e o derrubei no chão. Ele lutava para sair de baixo do peso do meu corpo e cravava as unhas na minha pele, mas eu também mordia e unhava. Vi que se saísse de baixo de mim ia fugir mais uma vez, e eu queria que isso nunca mais acontecesse. Hoje eu iria vencê-lo e derrotá-lo.

O animal começou a olhar para mim com pavor. Agora eu era um cão e ele parecia transformado em homem. O meu antigo medo estava atuando nele, e com tanta força que ele conseguiu sair, mas eu o encurralei de novo no fundo de uma das casas abandonadas. Atrás de um pequeno muro de ardósia estava o precipício, e ele não tinha mais como fugir. Era um homem que ali ia ver o rosto de sua Morte.

De repente comecei a perceber que havia algo errado. Estava forte demais. Meu pensamento estava ficando nublado; eu comecei a ver um rosto cigano e imagens difusas em torno desse rosto. Eu tinha me transformado em Legião. Este era o meu poder. Eles abandonaram aquele pobre cão assustado que daqui a um instante ia cair no abismo. E agora estavam em mim. Senti um desejo terrível de despedaçar o animal indefeso. "Tu és o Príncipe e eles são Legião", sussurrou Astrain. Mas eu não queria ser um Príncipe, e escutei também de longe a voz de meu Mestre dizendo insistentemente que havia uma espada para ser conseguida. Precisava resistir mais um minuto. Não devia matar aquele cão.

Olhei de relance o pastor. Seu olhar confirmou o que estava pensando. Ele agora estava mais assustado comigo que com o cão.

Comecei a sentir uma tontura e a paisagem em volta rodou. Eu não podia desmaiar. Se desmaiasse agora, Legião teria vencido em mim. Tinha que achar uma solução. Não estava mais lutando contra um animal, mas contra a força que me havia possuído. Senti as pernas fraquejarem e me apoiei numa parede, mas ela cedeu com o meu peso. Entre pedras e pedaços de madeira, caí com o rosto na terra.

A Terra. Legião era a terra, os frutos da terra. Os frutos bons e maus da terra, mas a terra. Ali era a sua casa, e dali ela governava ou era governada pelo mundo. Ágape explodiu dentro de mim e eu cravei com força minhas unhas na terra. Dei um uivo, um grito semelhante ao que ouvi na primeira vez em que o cão e eu nos encontramos. Senti que Legião passava pelo meu corpo e descia para a terra, porque dentro de mim havia Ágape, e Legião não queria ser consumida pelo Amor que Devora. Esta era a minha vontade, a vontade que me fazia lutar com o resto de minhas forças contra o desmaio, a vontade de Ágape fixa na minha alma, resistindo. Meu corpo todo tremeu.

Legião descia com força para a terra. Comecei a vomitar, mas sentia que era Ágape crescendo e saindo por todos os meus poros. O corpo continuou a tremer até que, depois de muito tempo, senti que Legião havia voltado ao seu reino.

Notei quando o último vestígio dela passou pelos meus dedos. Sentei-me no chão, ferido e machucado, e vi uma cena absurda diante dos meus olhos. Um cão, sangrando e abanando o rabo, e um pastor assustado me olhando.

— Deve ter sido algo que você comeu — disse o pastor, que não queria acreditar em tudo o que tinha visto. — Mas agora que você vomitou vai passar.

Concordei com a cabeça. Ele me agradeceu por haver contido o "meu" cão e seguiu o caminho com suas ovelhas.

Petrus apareceu e não disse nada. Cortou um pedaço de sua camisa e fez um torniquete na minha perna, por onde sangrava muito. Pediu que eu mexesse o corpo inteiro, e disse que nada de mais sério havia acontecido.

— Você está deplorável — disse ele sorrindo; o seu raro bom humor havia voltado. — Assim não dá para visitarmos hoje a Cruz de Ferro. Deve haver turistas por lá e vão ficar assustados.

Eu não dei bola. Levantei-me, limpei a poeira e vi que podia andar. Petrus sugeriu que eu fizesse um pouco de Sopro de RAM e carregou minha mochila. Fiz o Sopro de RAM e novamente me harmonizei com o mundo. Dentro de meia hora estaria chegando à Cruz de Ferro.

E algum dia Foncebadón ia renascer de suas ruínas. Legião deixou ali muito Poder.

O mandar e o servir

Cheguei à Cruz de Ferro carregado por Petrus, já que o ferimento na perna não me deixava caminhar direito. Quando ele reparou a extensão dos danos causados pelo cão, decidiu que eu devia ficar em repouso até me recuperar o suficiente para continuar o Estranho Caminho de Santiago. Ali perto existia uma aldeia, que servia de abrigo aos peregrinos surpreendidos pela noite antes de cruzarem as montanhas. Petrus conseguiu dois quartos na casa de um ferreiro, e nos instalamos.

Meu aposento tinha uma pequena varanda, revolução arquitetônica que, partindo daquela aldeia, iria se espalhar por toda a Espanha do século VIII. Eu podia ver uma série de montes, os quais — cedo ou tarde — teria que cruzar antes de chegar a Santiago. Caí na cama e só acordei no dia seguinte, com um pouco de febre, mas me sentindo bem.

Petrus trouxe água de uma fonte que os habitantes da aldeia chamavam de "o poço sem fundo" e lavou meus ferimentos. De tarde, apareceu com uma velha que morava nas redondezas. Os dois colocaram vários tipos de ervas nas feridas e nos arranhões, e a velha me obrigou a tomar um chá amargo. Lembro que todos os dias Petrus me obrigava a lamber as feridas, até que elas fechassem por completo. Eu sentia sempre o gosto metálico e doce do sangue, e isto me deixava enjoado, mas meu guia afirmava que a saliva era um poderoso desinfetante e iria me ajudar na luta contra uma possível infecção.

No segundo dia a febre voltou. Petrus e a velha me deram novamente o chá, tornaram a untar as feridas com ervas, mas a febre — apesar de não ser muito alta — não cedia. Meu guia então se dirigiu a uma base militar nas redondezas, em busca de ataduras, já que não havia em todo o vilarejo gaze ou esparadrapo para cobrir os ferimentos.

Poucas horas depois, Petrus voltou com as ataduras. Junto com ele veio também um jovem oficial médico, que queria por força saber onde estava o animal que me mordeu.

— Pelo tipo de ferida, o animal está raivoso — sentenciou com ar grave o oficial médico.

— Nada disso — respondi. — Foi uma brincadeira que passou dos limites. Eu conheço o animal há muito tempo.

O oficial não se convenceu. Queria porque queria que eu tomasse uma vacina antirrábica, e eu fui obrigado a deixar que me injetassem pelo menos uma dose — sob a ameaça de ser transferido para o hospital da Base. Depois perguntou onde estava o animal que me havia mordido.

— Em Foncebadón — respondi.

— Foncebadón é uma cidade em ruínas. Não existem cães por lá — respondeu, com o ar sábio de quem flagra uma mentira.

Comecei a dar alguns falsos gemidos de dor, e o oficial médico foi conduzido por Petrus para fora do quarto.

Mas deixou tudo aquilo de que estávamos necessitando: ataduras limpas, esparadrapo e uma pomada cicatrizante.

Petrus e a velha não utilizaram a pomada. Envolveram os ferimentos com gaze cheia de ervas. Aquilo me alegrou muito, já que eu não precisava continuar lambendo os locais onde o cão havia mordido. Durante a noite, eles se ajoelhavam ao lado da minha cama e, com as mãos estendidas sobre meu corpo, rezavam em voz alta. Perguntei a Petrus o que era aquilo e ele fez uma vaga referência aos Carismas e ao Caminho de Roma. Eu insisti, mas ele não disse mais nada.

Dois dias depois eu estava completamente recuperado. Fui até a janela e vi alguns soldados dando busca nas casas da cidade e nos morros das imediações. Perguntei a um deles o que era aquilo.

— Existe um cão raivoso pelas redondezas — respondeu.

Naquela mesma tarde o ferreiro, dono dos quartos, veio me pedir que deixasse a cidade assim que estivesse pronto para caminhar. A história havia se espalhado pelos habitantes da aldeia, e eles estavam com medo de que eu me tornasse raivoso e pudesse transmitir a doença. Petrus e a velha começaram a discutir com o ferreiro, mas ele estava inflexível. A determinada altura, chegou a afirmar que tinha visto um filete de espuma sair pelo canto de minha boca, enquanto eu estava dormindo.

Não houve argumento capaz de convencê-lo de que todos nós, enquanto dormimos, podemos apresentar aquele fenômeno. À noite, a velha e meu guia ficaram longo tempo em orações, com as mãos estendidas sobre meu corpo. E no dia seguinte, mancando um pouco, eu estava de novo no Estranho Caminho de Santiago.

Perguntei a Petrus se ele chegou a ficar preocupado com a minha recuperação.

— Existe uma regra no Caminho de Santiago de que eu não lhe falei antes — respondeu —, mas que é a seguinte: uma vez iniciado, a única desculpa para interrompê-lo é por causa de uma doença. Se você não fosse capaz de resistir aos ferimentos e continuasse a ter febre, isto seria um presságio de que nossa viagem teria que parar por ali.

Mas, disse com certo orgulho, suas orações haviam sido atendidas. E eu tive a certeza de que aquela coragem era tão importante para ele como para mim.

O caminho agora era todo em declive, e Petrus me avisou que iria continuar assim por mais dois dias. Tínhamos voltado a andar em nosso ritmo habitual, com a sesta toda tarde, na hora que o sol estava mais forte. Por causa das minhas ataduras, ele carregava minha mochila. Já não havia mais tanta pressa: o encontro marcado havia sido cumprido.

Meu estado de ânimo melhorava a cada hora, e eu estava bastante orgulhoso de mim mesmo: tinha escalado uma cachoeira e derrotado o demônio do Caminho. Agora faltava apenas a tarefa mais importante: encontrar minha espada. Comentei isso com Petrus.

— A vitória foi bonita, mas você falhou no mais importante — disse ele, jogando um verdadeiro balde de água fria em cima de mim.

— O que foi?

— Saber o momento exato do combate. Eu tive que

andar mais rápido, fazer uma marcha forçada, e tudo em que você conseguia pensar era que estávamos em busca da sua espada. De que serve uma espada se o homem não sabe onde vai encontrar seu inimigo?

— A espada é meu instrumento de Poder — respondi.

— Você está convencido demais do seu Poder — disse ele. — A cachoeira, as Práticas de RAM, as conversas com o seu Mensageiro lhe fizeram esquecer de que faltava um inimigo para ser vencido. E que você teria um encontro marcado com ele. Antes de a mão manejar a espada, ela deve localizar o inimigo e saber como enfrentá-lo. A espada apenas dá o golpe. Mas a mão já está vitoriosa ou perdedora antes desse golpe.

"Você conseguiu vencer Legião sem sua espada. Existe um segredo nessa busca, um segredo que ainda não descobriu, mas que, sem ele, jamais poderá encontrar o que procura."

Fiquei em silêncio. Toda vez que começava a ter certeza de que estava chegando perto do meu objetivo, Petrus insistia em dizer que eu era um simples peregrino e que sempre faltava alguma coisa para encontrar o que estava procurando. A sensação de alegria que eu estava sentindo minutos antes de iniciar aquela conversa desapareceu por completo.

Eu estava mais uma vez começando o Estranho Caminho de Santiago e aquilo me encheu de desânimo. Por aquela estrada que meus pés pisavam, milhões de pessoas haviam passado durante doze séculos, indo e vindo de Santiago de Compostela. No caso delas, chegar aonde queriam era apenas uma questão de tempo. No meu caso, as armadilhas da Tradição estavam sempre colocando mais um obstáculo a vencer, mais uma prova a ser cumprida.

Eu disse a Petrus que estava me sentindo cansado e nos sentamos à sombra no declive. Havia grandes cruzes de madeira ladeando o caminho. Petrus colocou as duas mochilas no chão e continuou a falar:

— Um inimigo sempre representa nosso lado fraco. Que pode ser o medo da dor física, mas também a sensação prematura da vitória ou o desejo de abandonar o combate por achar que ele não vale a pena.

"Nosso inimigo só entra na luta porque sabe que pode nos atingir. Exatamente naquele ponto onde nosso orgulho nos fez crer que éramos invencíveis. Durante a luta estamos sempre procurando defender nosso lado fraco, enquanto o Inimigo golpeia o lado desguarnecido — aquele em que temos mais confiança. E terminamos derrotados porque acontece aquilo que não podia nunca acontecer: deixar que o Inimigo escolha a maneira de lutar."

Tudo o que Petrus estava falando tinha se passado no meu combate com o cão. Ao mesmo tempo, eu rejeitava a ideia de ter inimigos e ser obrigado a combater contra eles. Quando Petrus se referia ao Bom Combate, sempre achei que estivesse falando da luta pela vida.

— Você tem razão, mas o Bom Combate não é apenas isso. Guerrear não é um pecado — disse ele depois que lhe coloquei minhas dúvidas. — Guerrear é um ato de amor. O Inimigo nos desenvolve e nos aprimora, como o cão fez com você.

— Entretanto, parece que você nunca está satisfeito.

Sempre falta alguma coisa. Agora você vem me falar do segredo da minha espada.

Petrus disse que isso era algo que eu devia saber antes de iniciar a caminhada. E continuou falando do Inimigo.

— O Inimigo é uma parcela de Ágape e está ali para testar nossa mão, nossa vontade, o manejo da espada. Foi colocado em nossa vida — e nós na vida dele — com um propósito. Este propósito tem que ser satisfeito. Por isso, fugir da luta é o pior que pode nos acontecer. É pior do que perder a luta, porque na derrota sempre podemos aprender alguma coisa, mas na fuga tudo o que conseguimos é declarar a vitória de nosso Inimigo.

Eu disse que estava surpreso de ouvir Petrus, que parecia ter uma ligação tão grande com Jesus, falando em violência daquela maneira.

— Pense na necessidade de Judas para Jesus — disse Petrus. — Ele tinha que escolher um Inimigo ou sua luta na terra não podia ser glorificada.

As cruzes de madeira no caminho mostravam como tinha sido construída aquela glória. Com sangue, traição e abandono. Levantei-me e disse que estava pronto para continuar a caminhada.

Enquanto andava, perguntei qual era, numa luta, o ponto mais forte em que um homem podia se apoiar para vencer o Inimigo.

— O seu presente. O homem se apoia melhor no que está fazendo agora, porque ali está Ágape, a vontade de vencer com Entusiasmo.

"E tem outra coisa que eu quero deixar bem claro: o Inimigo raramente representa o Mal. Ele está sempre presente porque uma espada sem uso termina enferrujando na bainha."

Eu me lembrei de que certa vez, enquanto estávamos construindo uma casa de veraneio, minha mulher havia decidido mudar de uma hora para outra a disposição de um dos quartos. Coube a mim a desagradável tarefa de comunicar essa mudança ao pedreiro. Chamei o homem, um velho de quase sessenta anos, e disse o que queria. Ele olhou, pensou e veio com uma solução muito melhor, utilizando a parede que tinha começado a levantar naquele momento. Minha mulher adorou a ideia.

Talvez fosse isso que Petrus estivesse tentando dizer, com palavras tão complicadas, a respeito de se utilizar a força do que estamos fazendo no momento para vencer o Inimigo.

Contei a história do pedreiro para ele.

— A vida ensina sempre mais do que o Estranho Caminho de Santiago — respondeu. — Mas não temos muita fé nos ensinamentos da vida.

As cruzes continuavam ao longo de toda a Rota Jacobea. Deviam ser obra de um peregrino com uma força quase sobre-humana, para levantar aquela madeira sólida e pesada. Havia cruzes de trinta em trinta metros e se estendiam até onde minha vista alcançava. Perguntei a Petrus o que significavam.

— Um velho e ultrapassado instrumento de tortura — disse ele.

— Mas o que elas estão fazendo aqui?

— Deve ter sido alguma promessa. Como posso saber? Paramos em frente a uma delas, que tinha sido derrubada.

— Talvez a madeira esteja podre — disse eu.

— É uma madeira igual a todas as outras. E nenhuma apodreceu.

— Então não deve ter sido cravada no chão com firmeza.

Petrus parou e olhou em volta. Largou a mochila no chão e sentou-se. Nós tínhamos descansado apenas alguns minutos antes e não entendi seu gesto. Instintivamente olhei em volta, procurando o cão.

— Você venceu o cão — disse ele, como se adivinhasse meus pensamentos. — Não se assuste com o fantasma dos mortos.

— Então por que paramos?

Petrus fez sinal para que eu parasse de falar e ficou em silêncio por alguns minutos. Senti de novo o velho medo do cão e resolvi ficar de pé, esperando que ele resolvesse falar.

— O que você está ouvindo? — perguntou depois de algum tempo.

— Nada. O silêncio.

— Oxalá fôssemos tão iluminados a ponto de escutar no silêncio! Mas ainda somos homens e não sabemos sequer escutar a tagarelice de nós mesmos. Você nunca me perguntou como eu pressenti a chegada de Legião, e agora eu vou lhe dizer: pela audição. O ruído começou muitos dias antes, quando estávamos ainda em Astorga. A partir dali comecei a andar mais rápido, pois tudo indicava que nossos caminhos iam se cruzar em Foncebadón. Você ouviu o mesmo ruído que eu, e não o escutou.

"Tudo está escrito nos ruídos. O passado, o presente e o futuro do homem. Um homem que não sabe ouvir não pode escutar os conselhos que a vida nos dá a cada instante. Só quem escuta o ruído do presente pode tomar a decisão certa."

Petrus pediu que eu me sentasse e esquecesse o cão. Depois disse que ia me ensinar uma das Práticas mais fáceis e mais importantes do Caminho de Santiago.

E me explicou o EXERCÍCIO DA AUDIÇÃO.

— Faça-o agora mesmo — disse ele.

Comecei a realizar o exercício. Escutava o vento, alguma voz feminina bem longe, e a determinada altura percebi que um galho estava sendo quebrado. Não era realmente um exercício difícil, e sua simplicidade me deixou fascinado. Colei o ouvido ao chão e comecei a escutar o ruído surdo da terra. Aos poucos passei a separar cada som: o som das folhas quietas, o som da voz a distância, o barulho de asas de pássaro batendo. Um animal grunhiu, mas não pude identificar que tipo de bicho era. Os quinze minutos de exercício passaram voando.

— Com o tempo, você verá que este exercício vai ajudá-lo a tomar a decisão correta — disse Petrus, sem perguntar o que eu havia escutado. — Ágape fala pelo Globo Azul, mas fala também pela visão, pelo tato, pelo perfume, pelo coração e pelos ouvidos. Em uma semana, no máximo, você começará a escutar vozes. Primeiro, serão vozes tímidas, mas aos poucos vão começar a lhe dizer

O EXERCÍCIO DA AUDIÇÃO

Relaxe. Feche os olhos.

Durante alguns minutos, procure concentrar-se em todos os sons que o cercam, como se fosse uma orquestra tocando seus instrumentos.

Aos poucos, vá distinguindo cada som em separado. Concentre-se em um por um, como se fosse apenas um instrumento tocando. Procure eliminar os outros sons da sua mente.

Com a prática diária deste exercício, você começará a ouvir vozes. Primeiro, vai achar que são fruto da sua imaginação. Depois, descobrirá que são vozes de pessoas passadas, presentes e futuras, participando da Memória do Tempo.

Este exercício só deve ser realizado se você já conhecer a voz de seu Mensageiro.

Duração mínima: dez minutos.

coisas importantes. Cuidado apenas com o seu Mensageiro, que vai tentar confundi-lo. Mas, como você conhece a voz dele, ela não será mais uma ameaça.

Petrus perguntou se escutei o chamado alegre de um Inimigo, o convite de uma mulher ou o segredo de minha espada.

— Escutei apenas uma voz feminina ao longe — disse eu. — Mas era uma camponesa chamando o filho.

— Então olhe para esta cruz em frente, e coloque-a em pé com o seu pensamento.

Perguntei qual era o exercício.

— Ter fé no seu pensamento — respondeu.

Sentei-me no chão, em posição de ioga. Sabia que depois de tudo o que havia conseguido, do cão, da cachoeira, eu ia conseguir isto também. Olhei fixamente a cruz. Imaginei-me saindo do corpo, agarrando seus braços e a levantando com meu corpo astral. No caminho da Tradição, eu já fizera alguns desses pequenos "milagres". Conseguia quebrar copos, estátuas de porcelana e mover coisas sobre a mesa. Era um truque fácil de magia que, apesar de não significar Poder, ajudava muito a convencer os "ímpios". Nunca havia tentado antes com um objeto do tamanho e do peso daquela cruz, mas, se Petrus havia mandado, eu saberia conseguir.

Durante meia hora eu tentei de todas as maneiras. Utilizei viagem astral e sugestão. Lembrei do domínio que o Mestre tinha da força de gravidade e procurei repetir as palavras que ele sempre dizia nessas ocasiões. Nada aconteceu. Eu estava completamente concentrado e a cruz não se movia. Invoquei Astrain, que apareceu entre as colunas de fogo. Mas, quando lhe falei da cruz, ele disse que detestava aquele objeto.

Petrus terminou me sacudindo e me tirando do transe.
— Vamos, isso está ficando muito chato — disse. — Já que você não consegue por pensamento, coloque esta cruz de pé com as mãos.
— Com as mãos?
— Obedeça!
Levei um susto. De repente estava diante de mim um homem ríspido, muito diferente daquele que tinha cuidado de minhas feridas. Eu não sabia nem o que dizer, nem o que fazer.
— Obedeça! — repetiu ele. — É uma ordem!
Eu estava com os braços e as mãos enfaixados por causa da luta com o cão. Apesar do exercício de ouvir, meus ouvidos se recusavam a acreditar no que eu estava escutando. Sem dizer nada, eu lhe mostrei as ataduras. Mas ele continuou a me olhar friamente, sem qualquer expressão. Esperava que eu lhe obedecesse. O guia e amigo que havia me acompanhado durante todo esse tempo, que tinha me ensinado as Práticas de RAM e contado as belas histórias do Caminho de Santiago, parecia não estar mais ali. Em seu lugar eu via apenas um homem que me olhava como escravo e me pedia uma coisa estúpida.
— O que você está esperando? — disse ele mais uma vez.
Eu me lembrei da cachoeira. Lembrei-me de que naquele dia havia duvidado de Petrus e que ele tinha sido

generoso comigo. Tinha mostrado seu amor e me impedido de desistir da espada. Não conseguia entender por que alguém tão generoso estava sendo tão rude agora, representando naquele momento tudo o que a raça humana estava tentando afastar para longe, que era a opressão do homem pelo seu semelhante.

— Petrus, eu...

— Obedeça ou o Caminho de Santiago acaba agora.

O medo voltou. Eu estava naquele momento sentindo mais medo dele que da cachoeira, mais medo dele que do cão que havia me assustado por tanto tempo. Pedi desesperadamente que a natureza me desse algum sinal, que eu pudesse ver ou ouvir alguma coisa que justificasse aquela ordem sem sentido. Tudo continuou em silêncio ao meu redor. Era obedecer a Petrus ou esquecer minha espada. Ainda uma vez levantei os braços enfaixados, mas ele sentou-se no chão e esperou que eu cumprisse sua ordem.

Então decidi obedecer.

Caminhei até a cruz e tentei empurrá-la com o pé, para testar seu peso. Ela mal se moveu. Mesmo se eu tivesse as mãos livres, teria uma imensa dificuldade em levantá-la, e imaginei que com as mãos enfaixadas aquela tarefa seria quase impossível. Mas eu ia obedecer. Ia morrer ali na frente, se isso fosse necessário, ia suar sangue como Jesus suou quando teve que carregar aquele mesmo peso, mas ele ia ver minha dignidade e talvez isso tocasse seu coração, livrando-me daquela prova.

A cruz havia quebrado na base, mas ainda estava presa por algumas fibras de madeira. Não havia canivete para cortar essas fibras. Dominando a dor, me abracei a ela e tentei arrancá-la da base quebrada, sem usar as mãos. Os ferimentos dos braços entraram em contato com a madeira e eu gritei de dor. Olhei para Petrus e ele continuava impassível. Resolvi não gritar mais: os gritos, a partir daquele instante, iam morrer dentro do meu coração.

Notei que meu problema imediato não era mais mover a cruz, mas libertá-la de sua base e depois cavar um buraco no chão e empurrá-la para dentro dele. Escolhi uma pedra afiada e, dominando a dor, comecei a bater e a esfregar nas fibras de madeira.

A dor aumentava a cada instante e as fibras iam cedendo vagarosamente. Eu tinha que acabar aquilo logo, antes que os ferimentos tornassem a se abrir e a coisa ficasse insuportável. Decidi fazer o trabalho um pouco mais devagar, de maneira que eu chegasse ao final antes que a dor me vencesse. Tirei a camiseta, enrolei na mão e recomecei a trabalhar mais protegido. A ideia foi boa: rompeu-se a primeira fibra, logo depois a segunda. A pedra gastou seu corte e procurei outra. Cada vez que parava o trabalho, tinha a impressão de que não ia conseguir começar de novo. Juntei várias pedras afiadas e segui utilizando uma após outra, para que o calor da mão trabalhando diminuísse o efeito da dor. Quase todas as fibras já se haviam rompido e, no entanto, a fibra principal ainda resistia. A dor na mão foi aumentando; eu abandonei meu plano inicial e comecei a trabalhar freneticamente.

Sabia que ia chegar a um ponto em que a dor seria insuportável. Este ponto estava perto e era apenas uma questão de tempo, um tempo que eu precisava vencer. Fui serrando, batendo, sentindo que entre a pele e a atadura alguma coisa pastosa começava a dificultar os movimentos. Devia ser sangue, pensei, mas evitei pensar mais. Trinquei os dentes e de repente a fibra central pareceu ceder. Eu estava tão nervoso que me levantei de imediato e dei um pontapé, com toda a força, naquele tronco que estava me causando tanto sofrimento.

Com um ruído, a cruz caiu para o lado, livre da base.

Minha alegria durou apenas alguns segundos. A mão começou a latejar violentamente, quando eu mal tinha começado a tarefa. Olhei para Petrus e ele havia dormido. Durante algum tempo fiquei imaginando uma maneira de enganá-lo, de colocar a cruz em pé sem que ele notasse.

Mas era exatamente isso que Petrus queria: que eu colocasse a cruz em pé. E não havia nenhum jeito de enganá-lo, porque a tarefa só dependia de mim.

Olhei para o chão, para a terra amarela e seca. Novamente as pedras seriam minha única saída. Já não podia mais trabalhar com a mão direita, porque estava dolorida demais, e tinha aquela coisa pastosa dentro que me dava uma imensa aflição. Tirei devagar a camisa que estava envolvendo as ataduras: o vermelho do sangue havia manchado a gaze, depois de o ferimento estar quase cicatrizado. Petrus era desumano.

Procurei outro tipo de pedra, mais pesada e resistente. Enrolando a camisa na mão esquerda, comecei a bater no solo e a cavar em frente ao pé da cruz. O progresso inicial, que parecia rápido, logo cedeu diante de um solo duro e ressequido. Eu continuava cavando e o buraco parecia ter sempre a mesma profundidade. Decidi não alargar muito o buraco, para que a cruz pudesse encaixar sem ficar frouxa na base, e isso aumentava minha dificuldade em tirar a terra do fundo. A mão direita havia parado de doer, mas o sangue coagulado me dava enjoo e aflição. Como eu não tinha prática em trabalhar com a mão esquerda, a toda hora a pedra se soltava dos meus dedos.

Cavei durante um tempo interminável. Cada vez que a pedra batia no chão, cada vez que minha mão entrava no buraco para tirar a terra, eu pensava em Petrus. Olhava seu sono tranquilo e o odiava do fundo do meu coração. Nem o barulho nem o ódio pareciam perturbá-lo. "Petrus deve ter seus motivos", eu pensava, mas não podia entender aquela servidão, nem a maneira como havia me humilhado. Então o solo se transformava em seu rosto, eu batia com a pedra, e a raiva me ajudava a cavar mais fundo. Era apenas uma questão de tempo: mais cedo ou mais tarde eu ia terminar conseguindo.

Quando acabei de pensar nisso, a pedra tocou em algo sólido e soltou-se mais uma vez. Era exatamente o que eu estava temendo; depois de tanto tempo de trabalho, eu havia encontrado outra pedra, grande demais para que eu pudesse prosseguir.

Levantei, enxuguei o suor do rosto e comecei a pensar. Não tinha forças suficientes para transportar a cruz para outro lugar. Não poderia começar tudo de novo, porque a mão esquerda — agora que eu havia parado — começava a dar sinais de insensibilidade. Aquilo era pior que a dor e me deixou preocupado. Comecei a olhar para os dedos e vi que continuavam se movendo, obedecendo ao meu comando, mas meu instinto dizia que eu não devia sacrificar mais aquela mão.

Olhei para o buraco. Não era suficientemente fundo para manter a cruz com todo o seu peso.

◦◦◦

"A solução errada irá indicar-lhe a certa." Eu me lembrei do exercício das sombras e da frase de Petrus. Ao mesmo tempo, ele dizia insistentemente que as Práticas de RAM só tinham sentido se eu pudesse aplicá-las nos desafios diários da vida. Mesmo diante de uma situação absurda como aquela, as Práticas de RAM deviam servir para alguma coisa.

"A solução errada irá indicar-lhe a certa." O caminho impossível era arrastar a cruz para outro lugar, porque eu não tinha forças para isso. O caminho impossível era continuar cavando, descer mais fundo naquele chão.

Então, se o caminho errado era descer mais no chão, o caminho possível era levantar o chão. Mas como?

E, de repente, todo o meu amor por Petrus voltou. Ele estava certo. Eu podia levantar o chão.

Comecei a juntar todas as pedras que havia em volta e a colocá-las em torno do buraco, misturando-as com a terra retirada. Com grande esforço, levantei um pouco o pé da cruz e calcei-o com pedras, de maneira que ficasse mais alto. Em meia hora o chão estava mais alto e o buraco era suficientemente profundo.

Só me restava atirar a cruz dentro do buraco. Era o último esforço e eu tinha que conseguir. Uma das mãos estava insensível e a outra dolorida. Meus braços estavam enfaixados. Mas eu tinha as costas boas, com apenas alguns arranhões. Se me deitasse por debaixo da cruz e fosse levantando aos poucos, eu poderia fazê-la deslizar para dentro.

Deitei-me no chão, sentindo a poeira na boca e nos olhos. A mão insensível fez um último esforço, levantou a cruz um pouco e entrei debaixo dela. Com todo o cuidado me ajeitei para que o tronco ficasse na minha coluna. Sentia seu peso, ele era grande, mas não era impossível. Lembrei-me do exercício da semente e, com toda a lentidão, fui me acomodando em posição fetal debaixo da cruz, equilibrando-a nas costas. Algumas vezes achei que ela iria escorregar, mas eu estava indo bem devagar, de maneira que conseguia prever o desequilíbrio e corrigi-lo com a postura do corpo. Finalmente atingi a posição fetal, colocando os joelhos para a frente e mantendo-a equilibrada nas costas. Por um momento o pé da cruz vacilou no monte de pedras, mas não saiu do lugar.

"Ainda bem que não preciso salvar o Universo", pensei, esmagado pelo peso daquela cruz e de tudo aquilo que ela representava. E um profundo sentimento de religiosidade se apossou de mim. Lembrei-me de que alguém já a havia carregado nas costas e que suas mãos feridas não podiam escapar — como as minhas — da dor e da madeira. Era um sentimento de religiosidade carregado de dor, que afastei de imediato da cabeça, porque a cruz nas minhas costas começava a vacilar de novo.

Então, levantando-me devagar, comecei a renascer. Não podia olhar para trás e o ruído era a minha única forma de orientação — mas pouco antes eu havia aprendido a escutar o mundo, como se Petrus pudesse adivinhar que eu ia precisar desse tipo de conhecimento agora. Sentia o peso e as pedras se acomodando, mas a cruz subia lentamente, para me redimir daquela prova e voltar a ser a estranha moldura de uma parte do Caminho de Santiago.

Só faltava agora o esforço final. Quando eu estivesse sentado nos calcanhares, ela devia escorregar de minhas costas e iria afundar no buraco. Uma ou duas pedras fugiram do lugar, mas a cruz agora estava me ajudando, pois não saiu da direção do local onde eu havia levantado o chão. Finalmente, um puxão nas minhas costas indicou que a base tinha ficado livre. Era o momento final, semelhante ao da cachoeira, quando tive que atravessar a corrente de água. O momento mais difícil, porque a gente tem medo de perder e quer desistir antes que isso aconteça. Senti mais uma vez o absurdo de minha tarefa, colocando uma cruz em pé quando tudo o que eu queria era encontrar minha espada e derrubar todas as cruzes para que pudesse renascer no mundo o Cristo Redentor. Nada disso importava. Num golpe súbito, empurrei as costas, a cruz deslizou e, naquele momento, entendi mais uma vez que era o destino quem estava guiando a obra que eu havia feito.

Fiquei aguardando o baque da cruz, caindo para o outro lado e atirando para todos os cantos as pedras que eu havia juntado. Pensei em seguida que o impulso podia não ter sido suficiente, e que ela iria voltar e cair sobre mim. Mas tudo o que ouvi foi um ruído surdo, de alguma coisa batendo contra o fundo da terra.

Virei-me devagar. A cruz estava de pé, ainda balançando por causa do impulso. Algumas pedras rolavam do monte, mas ela não ia cair. Rapidamente eu recoloquei as pedras no lugar e abracei-me com ela para que parasse de balançar. Nesse momento eu a senti viva, quente, certo de que tinha sido uma amiga durante toda a minha tarefa. Fui me soltando devagar, ajustando as pedras com os pés.

Fiquei admirando meu trabalho durante algum tempo, até que as feridas começaram a doer. Petrus ainda dormia. Cheguei perto dele e o cutuquei com o pé.

Ele acordou de súbito e olhou a cruz.

— Muito bem — foi tudo o que disse. — Em Ponferrada a gente muda as ataduras.

A tradição

— Eu preferia haver levantado uma árvore. Aquela cruz nas costas me deu a impressão de que o objetivo da busca da sabedoria é ser sacrificado pelos homens.

Olhei ao redor e minhas próprias palavras soaram sem sentido. O episódio da cruz era algo distante, como se já tivesse acontecido há muito tempo — e não no dia anterior. Não combinava de jeito nenhum com o banheiro de mármore negro, a água morna da banheira de hidromassagem e o cálice de cristal com um excelente vinho Rioja que eu bebia devagar. Petrus estava fora do meu alcance de visão, no quarto do luxuoso hotel onde havíamos nos hospedado.

— Por que a cruz? — insisti.

— Foi uma dificuldade convencer na portaria que você não era um mendigo — gritou ele do quarto.

Ele havia mudado de assunto e eu sabia, por experiência própria, que não adiantava insistir. Levantei-me, vesti a calça comprida e uma blusa lavada e troquei as ataduras dos ferimentos. Havia aberto os curativos com todo o cuidado, esperando encontrar chagas, mas apenas a casca da ferida havia se rompido, deixando sair um pouco de sangue. Uma nova cicatriz tinha-se formado e eu estava me sentindo recuperado e bem-disposto.

Jantamos no restaurante do hotel. Petrus pediu a especialidade da casa — uma paella valenciana —, que comemos em silêncio, acompanhados apenas do saboroso vinho Rioja. No fim do jantar, ele me convidou para dar uma volta.

Saímos do hotel e fomos em direção à estação ferroviária. Ele tinha voltado ao seu mutismo habitual e continuou calado durante toda a caminhada. Chegamos a um estacionamento de vagões de trem, sujo e cheirando a óleo, e ele sentou-se na borda de uma gigantesca locomotiva.

— Vamos parar por aqui — disse.

Eu não queria sujar minha calça nas manchas de óleo e resolvi ficar em pé. Perguntei se não era melhor caminhar até a praça principal de Ponferrada.

— O Caminho de Santiago está prestes a acabar — disse meu guia. — E, como nossa realidade está muito mais perto destes vagões de trem cheirando a óleo que dos bucólicos recantos que conhecemos em nossa jornada, é melhor que nossa conversa de hoje seja aqui.

Petrus pediu que eu tirasse os tênis e a camisa. Depois afrouxou as ataduras do braço, deixando-os mais livres. Mas conservou as das mãos.

— Não se aflija — disse ele. — Você não vai precisar das mãos agora; pelo menos não para pegar algo.

Estava mais sério que o habitual e seu tom de voz me deixou preocupado. Algo importante estava para acontecer.

Petrus voltou a sentar-se na borda da locomotiva e ficou me olhando por um longo tempo. Depois falou:

— Não vou lhe dizer nada sobre o episódio de ontem. Você descobrirá por si mesmo seu significado, e isto só acontecerá se decidir algum dia fazer o Caminho de Roma, que é o Caminho dos Carismas e dos milagres. Quero apenas dizer-lhe uma única coisa: os homens que se julgam sábios são indecisos na hora de mandar e são rebeldes na hora de servir. Acham uma vergonha dar ordens e uma desonra recebê-las. Jamais se comporte assim.

"No quarto, você falou que o caminho da sabedoria levava ao sacrifício. Isto é um erro. O seu aprendizado não terminou ontem: falta descobrir sua espada e o segredo que ela contém. As Práticas de RAM levam o homem a combater o Bom Combate e a ter maiores chances de vitória na vida. A experiência por que você passou ontem era apenas uma prova do Caminho, uma preparação para o Caminho de Roma. Se você quiser — e me entristece que você tenha pensado assim."

Havia realmente um tom de tristeza em sua voz. Notei que, durante todo o tempo em que estivemos juntos, eu quase sempre havia posto em dúvida aquilo que ele me ensinava. Eu não era um Castañeda humilde e poderoso diante dos ensinamentos de D. Juan, mas um homem soberbo e rebelde frente a toda a simplicidade das Práticas de RAM. Quis lhe dizer isso, mas sabia que agora era muito tarde.

— Feche os olhos — disse Petrus. — Faça o Sopro de RAM e procure se harmonizar com este ferro, estas máquinas e este cheiro de óleo. Este é o nosso mundo. Você só deve abrir os olhos quando eu tiver acabado minha parte e for lhe ensinar um exercício.

Eu me concentrei no Sopro, fechei os olhos e meu corpo começou a relaxar. Havia o ruído da cidade, alguns cães ladrando ao longe e um burburinho de vozes discutindo, não muito longe do lugar onde estávamos. De repente, comecei a ouvir a voz de Petrus cantando uma música italiana que havia sido um grande sucesso na minha adolescência, na voz de Pepino Di Capri. Eu não entendia a letra, mas a canção me trouxe grandes recordações e me ajudou a entrar num estado de mais tranquilidade.

— Algum tempo atrás — começou ele, depois que parou de cantar —, quando eu preparava um projeto para entregar à Prefeitura de Milão, recebi um recado do meu Mestre. Alguém tinha seguido até o final o caminho da Tradição e não tinha recebido sua espada. Eu devia guiá-lo pelo Caminho de Santiago.

"O fato não foi surpresa para mim: eu já estava esperando uma chamada dessas a qualquer momento, porque ainda não tinha pagado minha tarefa: guiar um peregrino pela Via Láctea, da mesma maneira que eu havia sido guiado um dia. Mas isso me deixou nervoso, porque era a primeira e única vez que eu tinha que fazer isso, e eu não sabia como ia desempenhar minha missão."

As palavras de Petrus foram uma grande surpresa para mim. Eu achava que ele já havia feito aquilo dezenas de vezes.

— Você veio e eu o conduzi — continuou. — Confesso que no começo foi muito difícil, porque você estava muito mais interessado no lado intelectual dos ensinamentos do que no verdadeiro sentido do Caminho, que é o caminho das pessoas comuns. Depois do encontro com Alfonso, passei a ter uma relação muito mais forte e intensa com você e a acreditar que lhe faria aprender o segredo de sua espada. Mas isso não aconteceu, e você agora terá que aprender por si mesmo, no pouco tempo que lhe resta para isso.

A conversa estava me deixando nervoso e fez com que eu me desconcentrasse do Sopro de RAM. Petrus deve ter percebido, pois voltou a cantarolar a velha canção e só terminou quando eu estava de novo relaxado.

— Se você descobrir o segredo e encontrar sua espada, descobrirá também a face de RAM e será dono do Poder. Mas isso não é tudo: para atingir a sabedoria total, ainda terá que percorrer os outros Três Caminhos, inclusive o caminho secreto, que não lhe será revelado mesmo por quem passou por ele. Estou lhe dizendo isso porque só vamos nos encontrar mais uma vez.

Meu coração deu um salto dentro do peito e eu involuntariamente abri os olhos. Petrus estava brilhando, com aquele tipo de luz que eu só tinha visto no Mestre.

— Feche os olhos! — ordenou, e obedeci prontamente. Mas meu coração estava pequeno e eu não conseguia me concentrar mais. Meu guia voltou à canção italiana, e só depois de longo tempo eu relaxei um pouco.

— Amanhã você vai receber um bilhete, dizendo onde estou. Será um ritual de iniciação coletivo, um ritual de honra à Tradição. Aos homens e mulheres que durante todos esses séculos têm ajudado a manter acesa a chama da sabedoria, do Bom Combate e de Ágape. Você poderá não falar comigo. O local onde vamos nos encontrar é sagrado, banhado pelo sangue de cavaleiros que seguiram o caminho da Tradição e, mesmo com suas espadas afiadas, foram incapazes de derrotar as trevas. Mas o sacrifício deles não foi em vão, e a prova disso é que, séculos depois, pessoas que seguem caminhos diferentes estarão ali para prestar seu tributo. Isto é importante, e você não deve esquecer jamais: mesmo se tornando um Mestre, saiba que seu caminho é apenas um dos muitos que levam a Deus. Jesus disse certa vez: "A casa de meu Pai tem muitas Moradas". E sabia perfeitamente do que estava falando.

Petrus disse novamente que, depois de amanhã, não tornaria a vê-lo.

— Um dia, no futuro, você receberá um comunicado meu, pedindo que conduza alguém pelo Caminho de Santiago, da mesma maneira que eu conduzi você. Então poderá viver o grande segredo desta jornada, que é um segredo que eu vou lhe revelar agora, mas apenas por palavras. É um segredo que precisa ser vivido para ser compreendido.

Houve um silêncio prolongado. Cheguei a pensar que ele tivesse mudado de ideia ou que tivesse saído do estacionamento de trem. Senti um desejo enorme de abrir os olhos e ver o que estava se passando, e me esforcei para me concentrar no Sopro de RAM.

— O segredo é o seguinte — disse a voz de Petrus depois de longo tempo. — Você só pode aprender quando ensinar. Nós fizemos juntos o Estranho Caminho de Santiago, mas enquanto você aprendia as Práticas eu passava a conhecer o significado das Práticas. Ao ensinar-lhe, eu aprendi de verdade. Ao assumir o papel de guia, consegui encontrar meu próprio caminho.

"Se você for capaz de encontrar sua espada, terá que ensinar o Caminho a alguém. E só quando isso acontecer, quando você aceitar o papel de Mestre, é que vai ver todas as respostas dentro do seu coração. Todos nós já conhecemos tudo, antes que alguém nos tenha sequer falado a respeito. A vida ensina a cada momento, e o único segredo é aceitar que, apenas com o nosso cotidiano, podemos ser tão sábios como Salomão e tão poderosos como Alexandre Magno. Mas só tomamos conhecimento disso quando somos forçados a ensinar alguém e participar de aventuras tão extravagantes como esta."

Eu estava vivendo uma das despedidas mais inesperadas de minha vida. Alguém com quem eu havia tido uma ligação tão intensa, que esperava que me conduzisse até o meu objetivo, me largava ali no meio do caminho. Numa estação de trem, cheirando a óleo, e me mantendo de olhos fechados.

— Eu não gosto de dizer adeus — continuou Petrus. — Sou italiano e sou emocional. Por força da Lei, você terá que descobrir sua espada sozinho — esta é a única maneira de acreditar em seu próprio poder. Tudo o que eu tinha para lhe transmitir já lhe transmiti. Falta apenas o exercício da dança, que vou lhe ensinar agora e que você deverá realizar amanhã, na celebração ritual.

Ficou em silêncio algum tempo, e então falou:

— Aquele que se gloria, que se glorie no Senhor. Pode abrir os olhos.

Petrus estava sentado num engate da locomotiva. Não senti vontade de falar, porque era brasileiro e também emocional. A lâmpada de mercúrio que nos iluminava começou a piscar e um trem apitou ao longe, anunciando sua chegada.

Petrus então me ensinou O EXERCÍCIO DA DANÇA.

O EXERCÍCIO DA DANÇA

Relaxe. Feche os olhos.

Imagine as primeiras músicas que você escutou em sua vida. Comece a cantá-las em pensamento. Aos poucos, deixe que determinada parte de seu corpo – pés, barriga, mãos, cabeça etc. –, mas apenas uma parte, comece a dançar a melodia que você está cantando.

Cinco minutos depois, pare de cantar mentalmente e escute os ruídos que o cercam. Componha com eles uma música e dance com todo o corpo. Evite pensar em qualquer coisa, mas procure se lembrar das imagens que aparecerão espontaneamente.

A dança é uma das mais perfeitas formas de comunicação com a Inteligência Infinita.

Duração: quinze minutos.

— Mais uma coisa — disse ele, olhando fundo nos meus olhos. — Quando acabei minha peregrinação, pintei um belo e imenso quadro, revelando tudo o que tinha se passado comigo por aqui. Este é o caminho das pessoas comuns, e você pode fazer o mesmo, se quiser. Se não sabe pintar, escreva alguma coisa ou invente um balé. Assim, independentemente de onde estiverem, as pessoas poderão percorrer a Rota Jacobea, a Via Láctea, o Estranho Caminho de Santiago.

O trem que havia apitado começou a entrar na estação. Petrus fez um aceno e sumiu entre os vagões do estacionamento. E eu fiquei ali, no meio daquele ruído de freios sobre o aço, tentando decifrar a misteriosa Via Láctea sobre a minha cabeça, com suas estrelas que haviam me conduzido até esse momento e que conduziam, em seu silêncio, a solidão e o destino de todos os homens.

No dia seguinte havia apenas uma nota no escaninho do meu quarto: SETE DA NOITE CASTILLO DE LOS TEMPLARIOS.

Passei o resto da tarde andando de um lado para outro. Cruzei mais de três vezes a pequena cidade de Ponferrada, enquanto olhava de longe, numa elevação, o Castelo onde deveria estar ao entardecer. Os templários sempre excitaram muito a minha imaginação, e o castelo em Ponferrada não era a única marca da Ordem do Templo na Rota Jacobea. Criada pela decisão de nove cavaleiros que decidiram não retornar das Cruzadas, eles tinham em pouco tempo espalhado seu poder por toda a Europa e provocado uma verdadeira revolução de costumes no começo deste milênio. Enquanto a maior parte da nobreza da época se preocupava apenas em enriquecer à custa do trabalho servil no sistema feudal, os Cavaleiros do Templo dedicaram suas vidas, suas fortunas e suas espadas a apenas uma causa: proteger os peregrinos a caminho de Jerusalém, encontrando um modelo de vida espiritual que os ajudasse na busca da sabedoria.

Em 1118, quando Hugues de Payns e mais oito cavaleiros se reuniram no pátio de um velho castelo abandonado, fizeram um juramento de amor pela humanidade. Dois séculos depois já existiam mais de cinco mil comendadorias espalhadas por todo o mundo conhecido, conciliando duas atividades que até então pareciam incompatíveis: a vida militar e a religiosa. As doações de seus membros e de milhares de peregrinos agradecidos fizeram com que a Ordem do Templo acumulasse em pouco tempo uma riqueza incalculável, que mais de uma vez serviu para resgatar cristãos importantes sequestrados por muçulmanos. A honestidade dos Cavaleiros era tão grande que reis e nobres confiavam aos Templários os seus valores, viajando apenas com um documento para comprovar a existência daqueles bens. Esse documento podia ser trocado em qualquer Castelo da Ordem do Templo por uma soma equivalente, e deu origem às letras de câmbio, que conhecemos até hoje.

A devoção espiritual, por sua vez, fez com que os Cavaleiros Templários entendessem a grande verdade relembrada por Petrus na noite anterior: que a Casa do Pai tinha muitas Moradas. Procuraram então deixar de lado os combates pela fé e reunir as principais religiões monoteístas da época: cristã, judaica e islâmica. Suas capelas passaram a ter a cúpula redonda do templo judaico de Salomão, as paredes octogonais das mesquitas árabes e as naves típicas das igrejas cristãs.

Porém, como tudo o que chega um pouco antes da época, os Templários começaram a ser olhados com desconfiança. O grande poder econômico passou a ser cobiçado pelos reis e a abertura religiosa se tornou uma ameaça para a Igreja. Na sexta-feira, 13 de outubro de 1307, o Vaticano e os principais Estados europeus deflagraram uma das maiores operações policiais da Idade Média: durante a noite, os principais chefes Templários foram sequestrados de seus castelos e conduzidos à prisão. Eram acusados de praticar cerimônias secretas que incluíam a adoração do Demônio, blasfêmias contra Jesus Cristo, rituais orgíacos e prática de sodomia com os aspirantes. Depois de uma série violenta de torturas, abjurações e traições, a Ordem do Templo foi varrida do mapa da história medieval. Teve seus tesouros confiscados e seus membros dispersos pelo mundo. O último mestre da Ordem, Jacques de Molay, foi queimado vivo no centro de Paris, junto com outro companheiro. Seu último pedido foi morrer olhando as torres da Catedral de Notre-Dame.*

---

* Quem desejar aprofundar-se mais na história e na importância da Ordem do Templo, recomendo o pequeno mas interessante livro *Os templários*, de Régine Pernoud (editora Europa-América).

A Espanha, entretanto, empenhada na Reconquista da península Ibérica, achou por bem aceitar os Cavaleiros que fugiam de toda a Europa, para ajudar seus reis no combate que travavam contra os mouros. Esses Cavaleiros foram absorvidos pelas Ordens espanholas, entre as quais a Ordem de Santiago da Espada, responsável pela guarda do Caminho.

Tudo isso me passou pela cabeça quando, exatamente às sete em ponto da tarde, eu cruzei a porta principal do velho Castelo do Templo em Ponferrada, onde tinha um encontro marcado com a Tradição.

Não havia ninguém. Esperei durante meia hora, fumando um cigarro atrás do outro, até que imaginei o pior: o Ritual deve ter sido às sete, ou seja, de manhã. Mas no momento em que me decidia a ir embora, entraram duas jovens com a bandeira da Holanda e com a vieira — símbolo do Caminho de Santiago — costuradas na roupa. Elas chegaram até mim, trocamos algumas palavras e concluímos que estávamos esperando a mesma coisa. O bilhete não estava errado, pensei com alívio.

A cada quinze minutos chegava alguém. Apareceram um australiano, cinco espanhóis e mais um holandês. Afora algumas poucas perguntas sobre o horário — dúvida que era comum a todos — não conversamos quase nada. Sentamos juntos no mesmo local do castelo — um átrio em ruínas que havia servido de depósito de alimentos nos tempos antigos — e decidimos aguardar até que alguma coisa acontecesse. Mesmo que fosse necessário esperar mais um dia e mais uma noite.

A espera se prolongou e resolvemos conversar um pouco sobre os motivos que nos haviam trazido até ali. Foi então que vim a saber que o Caminho de Santiago é utilizado por várias ordens, a maioria delas ligada à Tradição. As pessoas que estavam ali tinham passado por muitas provas e iniciações, mas provas que eu conheci muito tempo antes, no Brasil. Apenas eu e o australiano estávamos em busca do grau máximo do Primeiro Caminho. Mesmo sem entrar em detalhes, percebi que o processo do australiano era completamente distinto das Práticas de RAM.

Aproximadamente às oito e quarenta e cinco da noite, quando íamos começar a conversar sobre nossas vidas pessoais, soou um gongo. O barulho vinha da antiga capela do Castelo. E nos dirigimos todos para lá.

Foi uma cena impressionante. A capela — ou o que restava dela, já que a maior parte eram apenas ruínas — estava toda iluminada por archotes. No lugar onde um dia havia estado o altar, perfilavam-se sete vultos vestidos com os trajes seculares dos Templários: capuz e chapéu de aço, uma cota de malhas de ferro, a espada e o escudo. Prendi a respiração: parecia que o tempo dera um salto para trás. A única coisa que mantinha o sentido de realidade eram nossos trajes, jeans e camisetas com vieiras costuradas.

Mesmo com a fraca iluminação dos archotes, pude perceber que um dos Cavaleiros era Petrus.

— Aproximem-se de seus mestres — disse aquele que parecia ser o mais velho. — Olhem apenas em seus olhos. Tirem a roupa e recebam as vestes.

Eu me encaminhei para Petrus e olhei fundo nos seus olhos. Ele estava numa espécie de transe e pareceu não me reconhecer. Mas percebi em seus olhos certa tristeza, a mesma tristeza que sua voz denotara na noite anterior. Tirei a roupa toda e Petrus me entregou uma espécie de túnica negra, perfumada, que caiu solta por meu corpo. Deduzi que um daqueles mestres devia ter mais de um discípulo, mas não pude ver qual era porque tinha que manter os olhos fixos nos olhos de Petrus.

O Sumo Sacerdote nos encaminhou para o centro da capela e dois Cavaleiros começaram a traçar um círculo ao nosso redor, enquanto o consagravam:

— Trinitas, Sother, Messias, Emmanuel, Sabahot, Adonai, Athanatos, Jesu...*

E o círculo foi sendo traçado, proteção indispensável aos que estavam dentro dele. Reparei que quatro dessas pessoas tinham a túnica branca, o que significa voto total de castidade.

— Amides, Theodonias, Anitor! — disse o Sumo Sacerdote. — Pelos méritos dos Anjos, Senhor, eu coloco a vestimenta da salvação, e que tudo aquilo que eu desejar possa se transformar em realidade, através de Ti, ó Mui Sagrado Adonai, cujo Reino dura para sempre. Amém!

---

* Por ser um ritual extremamente longo, e que só pode ser compreendido por aqueles que conhecem o caminho da Tradição, optei por resumir as fórmulas utilizadas. Isso, entretanto, não tem nenhuma consequência no livro, já que este ritual foi executado apenas visando ao reencontro e ao respeito aos Antigos. O importante desta parte no Caminho de Santiago — o exercício da dança — é aqui descrito em sua totalidade.

O Sumo Sacerdote colocou sobre a cota de malhas o manto branco, com a Cruz Templária bordada em vermelho no centro. Os outros Cavaleiros fizeram o mesmo.

Eram exatamente nove horas da noite, hora de Mercúrio, o Mensageiro. E ali estava eu, de novo no centro de um círculo da Tradição. Um incenso de hortelã, manjericão e benjoim se fez sentir na capela. E começou a grande invocação, feita por todos os Cavaleiros:
— Ó Grande e Poderoso Rei N., que reinas pelo poder do Supremo Deus, EL, sobre todos os espíritos superiores e inferiores, mas especialmente sobre a Ordem Infernal do Domínio do Este, eu te invoco... (*suprimido*)... de maneira que eu possa conseguir meu desejo, seja ele qual for, desde que seja próprio ao teu trabalho, pelo poder de Deus, EL, que criou e dispõe de todas as coisas, celestes, aéreas, terrestres e infernais.

Um profundo silêncio abateu-se sobre nós e, mesmo sem ver, pudemos sentir a presença do nome invocado. Esta era a consagração do Ritual, um sinal propício para prosseguir nas operações mágicas. Eu já participara de centenas de cerimônias assim, com resultados muito mais surpreendentes quando chega essa hora. Mas o Castelo Templário deve ter estimulado um pouco minha imaginação, pois julguei ver, pairando no canto esquerdo da capela, uma espécie de ave brilhante que nunca havia visto antes.

O Sumo Sacerdote nos aspergiu com água, sem pisar dentro do círculo. Depois, com a Tinta Sagrada, escreveu na terra os setenta e dois nomes pelos quais Deus é chamado na Tradição.

Todos nós — peregrinos e Cavaleiros — começamos a recitar os nomes sagrados. O fogo dos archotes crepitou, sinal de que o espírito invocado tinha-se submetido.

Havia chegado o momento da Dança. Eu entendi por que Petrus me ensinara a dançar no dia anterior, uma dança diferente daquela que eu costumava fazer nesta etapa do ritual.

Uma regra não nos foi dita, mas todos já a conhecíamos: ninguém podia pisar fora do círculo de proteção, já que não carregávamos as proteções que aqueles Cavaleiros tinham debaixo de suas cotas de malhas. Mentalizei o tamanho do círculo e fiz exatamente o que Petrus me havia ensinado.

Comecei a pensar na infância. Uma voz, uma longínqua voz de mulher dentro de mim começou a entoar cantigas de roda. Eu me ajoelhei, me encolhi todo na posição de semente, e senti que meu peito — apenas meu peito — começava a dançar. Sentia-me bem, e já estava por completo no Ritual da Tradição. Aos poucos a música dentro de mim foi se transformando, os movimentos ficaram mais bruscos e eu entrei num poderoso êxtase. Via tudo escuro, e meu corpo não tinha mais gravidade naquela escuridão. Comecei a passear pelos campos floridos de Aghata, e neles me encontrei com meu avô e com um tio que havia marcado muito a minha infância. Senti a vibração do Tempo em sua teia de quadrados, onde todas as estradas se confundem e se misturam, e se igualam, apesar de serem tão diferentes. A determinada altura vi passar, com muita velocidade, o australiano: ele tinha um brilho vermelho no corpo.

A próxima imagem completa foi a de um cálice e uma pátena,* e esta imagem ficou fixa durante muito tempo, como se quisesse me dizer alguma coisa. Eu tentava decifrá-la, mas não conseguia compreender nada, apesar de ter certeza de que se relacionava com minha espada. Depois julguei ver a faca de RAM, surgindo no meio da escuridão que se formou quando o cálice e a pátena desapareceram. Mas, quando a face se aproximou era apenas a face de N., o espírito invocado e meu velho conhecido. Não estabelecemos qualquer tipo de comunicação especial, e sua face se dispersou na escuridão que ia e vinha.

Não sei por quanto tempo ficamos dançando. Mas de repente ouvi uma voz:

— IAHWEH, TETRAGRAMMATON...

Eu não queria sair do transe, mas a voz insistia:

— IAHWEH, TETRAGRAMMATON...

Reconheci a voz do Sumo Sacerdote, fazendo com que todo mundo voltasse do transe. Aquilo me irritou. A Tradição ainda era a minha raiz e eu não queria voltar. Mas o Mestre insistia:

— IAHWEH, TETRAGRAMMATON...

Não houve jeito de manter o transe. Contrariado, voltei para a Terra. Estava de novo no círculo mágico, no ambiente ancestral do Castelo Templário.

---

* Espécie de prato circular, normalmente de ouro, sobre o qual o sacerdote coloca a hóstia consagrada na missa.

Nós — os peregrinos — nos entreolhamos. O súbito corte parecia haver desgostado a todos. Senti uma imensa vontade de comentar com o australiano que o havia visto. Quando o olhei, percebi que as palavras eram desnecessárias: ele tinha-me visto também.

Os Cavaleiros se colocaram à nossa volta. As mãos começaram a bater com as espadas nos escudos, criando um barulho ensurdecedor. Até que o Sumo Sacerdote proferiu:

— Ó Espírito N., porque tu diligentemente atendeste às minhas demandas, com solenidade permito que partas, sem injúria a homem ou besta. Vai, eu te digo, e estejas pronto e ansioso por voltar, sempre quando devidamente exorcizado e conjurado pelos Sagrados Ritos da Tradição. Eu te conjuro a retirar-te pacífica e quietamente, e possa a Paz de Deus continuar para sempre entre mim e ti. Amém.

O círculo foi desfeito e nós nos ajoelhamos de cabeça baixa. Um Cavaleiro rezou conosco sete pais-nossos e sete ave-marias. O Sumo Sacerdote acrescentou sete creio em Deus Padre, afirmando que Nossa Senhora de Medjugorje — cujas aparições ocorriam na Iugoslávia desde 1982 — assim havia determinado. Iniciávamos agora um Ritual Cristão.

— Andrew, levante-se e venha até aqui — disse o Sumo Sacerdote. O australiano caminhou até a frente do altar, onde estavam reunidos os sete Cavaleiros.

Um outro Cavaleiro — que devia ser seu guia — falou:

— Irmão, demandais a companhia da Casa?

— Sim — respondeu o australiano. E eu entendi qual ritual cristão estávamos presenciando: a Iniciação de um Templário.

— Sabeis as grandes severidades da Casa e as ordens caridosas que nela estão?

— Estou disposto a suportar tudo, por Deus, e desejo ser servo e escravo da Casa, sempre, todos os dias da minha vida — respondeu o australiano.

Veio uma série de perguntas rituais, algumas das quais já não faziam qualquer sentido no mundo de hoje, e outras de profundo devotamento e amor. Andrew, de cabeça baixa, a tudo respondia.

— Distinto irmão, pedis-me grande coisa, pois de nossa religião não vedes senão a casca exterior, os belos cavalos, as belas roupas — disse seu guia. — Mas não sabeis os duros mandamentos que estão por dentro: pois é dura coisa que vós, que sois senhor de vós mesmos, vos façais servo de outrem, pois raramente fareis vós alguma coisa que queirais. Se quiserdes estar aqui, vos mandarão para o outro lado do mar, e se quiserdes estar em Acre vos mandarão para a terra de Trípoli, ou de Antióquia, ou de Armênia. E, quando quiserdes dormir, sereis obrigado a velar, e se quiserdes ficar de vela, sereis mandado descansar sobre vosso leito.

— Quero entrar na Casa — respondeu o australiano.

Parecia que os ancestrais Templários, que um dia habitaram aquele castelo, assistiam satisfeitos à cerimônia de Iniciação. Os archotes crepitavam intensamente.

Seguiram-se várias admoestações, e a todas o australiano contestou que aceitava, que queria entrar na Casa. Finalmente seu guia virou-se para o Sumo Sacerdote e repetiu todas as respostas que o australiano dera. O Sumo Sacerdote, com solenidade, perguntou mais uma vez se ele estava disposto a aceitar todas as normas que a Casa exigisse.

— Sim, Mestre, se Deus quiser. Venho diante de Deus, e diante de vós, e diante dos freires, e vos imploro e solicito, por Deus e por Nossa Senhora, que me acolhais na vossa companhia e nos favores da Casa, espiritual e temporalmente, como aquele que quer ser servo e escravo da Casa, todos os dias de sua vida, daqui por diante.

— Fazei-o vir, por amor de Deus — disse o Sumo Sacerdote.

E nesse momento todos os Cavaleiros desembainharam suas espadas e as apontaram para o céu. Depois abaixaram as lâminas e formaram uma coroa de aço em torno da cabeça de Andrew. O fogo fazia com que as lâminas refletissem uma luz dourada, dando ao momento caráter sagrado.

Solenemente seu mestre se aproximou. E lhe entregou sua espada.

Alguém começou a tocar um sino, e o sino ecoava pelas paredes do antigo castelo, repetindo a si próprio até o infinito. Todos abaixamos a cabeça e os Cavaleiros sumiram de vista. Quando tornamos a levantar o rosto, éramos apenas dez, pois o australiano tinha saído com eles para o banquete ritual.

Trocamos nossas roupas e nos despedimos sem maiores formalidades. A dança deve ter durado muito tempo, pois começava a clarear. Uma imensa solidão invadiu minha alma.

Senti inveja do australiano, que havia recuperado sua espada e chegado ao final de sua busca. Eu estava sozinho, sem ninguém para me guiar daqui por diante, porque a Tradição — num distante país da América do Sul — havia me expulsado dela sem ensinar-me o caminho de volta. E eu tive que percorrer o Estranho Caminho de Santiago, que agora estava chegando ao fim, sem que soubesse o segredo de minha espada ou a maneira de encontrá-la.

O sino continuava a tocar. Ao sair do Castelo, com o dia quase amanhecendo, reparei que era o sino de uma igreja próxima, chamando os fiéis para a primeira missa do dia. A cidade despertava para suas horas de trabalho, de amores sofridos, de sonhos distantes e de contas a pagar. Sem que nem o sino, nem a cidade soubessem que, naquela noite, um rito ancestral havia mais uma vez sido consumado, e aquilo que julgavam morto havia séculos continuava se renovando e mostrando seu imenso Poder.

O Cebreiro

— O senhor é um peregrino? — perguntou a menina, única presença viva naquela tarde tórrida de Villafranca del Bierzo.

Eu olhei e não disse nada. Ela devia ter uns oito anos de idade, estava malvestida e tinha corrido até a fonte onde eu havia me sentado para descansar um pouco.

Minha única preocupação agora era chegar rápido a Santiago de Compostela e acabar de vez com aquela aventura louca. Não conseguia esquecer a voz triste de Petrus no estacionamento de vagões de trem, nem seu olhar distante quando havia fixado meus olhos nos dele, durante o Ritual da Tradição. Era como se todo o esforço que ele tivesse feito para me ajudar houvesse resultado em nada. Quando o australiano foi chamado para o altar, tenho certeza de que ele gostaria que eu tivesse sido chamado também. Minha espada poderia muito bem estar escondida naquele castelo, cheio de lendas e de sabedoria ancestral. Era um local que se encaixava perfeitamente em todas as conclusões a que eu havia chegado: deserto, visitado apenas por alguns peregrinos que respeitavam as relíquias da Ordem do Templo, e em um terreno sagrado.

Mas apenas o australiano fora chamado ao altar. E Petrus devia estar humilhado diante dos outros, porque não tinha sido um guia capaz de me conduzir até a espada.

Além disso, o Ritual da Tradição havia novamente despertado em mim o fascínio pela sabedoria do Oculto, que eu já aprendera a esquecer enquanto fazia o Estranho Caminho de Santiago, o "caminho das pessoas comuns". As invocações, o controle quase absoluto da matéria, a comunicação com os outros mundos, tudo aquilo era muito mais interessante que as Práticas de RAM. Era possível que as Práticas tivessem uma aplicação mais objetiva na minha vida; sem dúvida eu havia mudado muito desde que começara a percorrer o Estranho Caminho de Santiago. Tinha descoberto, graças à ajuda de Petrus, que o conhecimento adquirido podia me fazer transpor cachoeiras, vencer Inimigos e conversar com o Mensageiro sobre coisas práticas e objetivas. Havia conhecido o rosto da minha Morte e o Globo Azul do Amor que Devora, inundando o mundo inteiro. Estava pronto para combater o Bom Combate e fazer da vida uma teia de vitórias.

Mesmo assim, uma parte escondida de mim ainda sentia saudade dos círculos mágicos, das fórmulas transcendentais, do incenso e da Tinta Sagrada. O que Petrus havia chamado de "uma homenagem aos Antigos" tinha sido para mim contato intenso e saudoso com velhas lições esquecidas. E a simples possibilidade de que talvez nunca mais pudesse ter acesso a esse mundo me deixava sem estímulo para prosseguir.

Quando retornei ao hotel, depois do Ritual da Tradição, havia junto com minha chave *El guía del peregri-*

no, um livro que Petrus utilizava para os pontos onde as marcas amarelas eram menos visíveis e para que pudéssemos calcular a distância entre uma cidade e outra. Deixei Ponferrada naquela mesma manhã — sem dormir — e segui o Caminho. Na primeira tarde descobri que o mapa não estava em escala — o que me obrigou a passar uma noite ao relento, num abrigo natural de rocha.

Ali, meditando sobre tudo o que me acontecera desde o encontro com Mme. Lourdes, não saía de minha cabeça o esforço insistente de Petrus para fazer com que eu entendesse que, ao contrário do que sempre nos haviam ensinado, o importante eram os resultados. O esforço era saudável e indispensável, mas sem os resultados ele não significava nada. E o único resultado que eu podia esperar de mim mesmo e de tudo aquilo que havia passado era encontrar minha espada. O que não havia acontecido até agora. E faltavam apenas poucos dias de caminhada para chegar até Santiago.

— Se o senhor for peregrino, eu posso levá-lo até a Porta do Perdão — insistiu a menina junto à fonte de Villafranca Del Bierzo. — Quem cruza esta Porta não precisa ir até Santiago.

Eu lhe estendi algumas pesetas, para que fosse logo embora e me deixasse em paz. Mas, em vez disso, a menina começou a brincar com a água da fonte, molhando a mochila e a minha bermuda.

— Vamos, vamos, moço — disse ela mais uma vez.

Naquele exato momento, eu estava pensando numa

das constantes citações de Petrus: "Aquele que lavra, cumpre fazê-lo com esperança. O que debulha, faça-o na esperança de receber a parte que lhe é devida". Era uma das epístolas do apóstolo Paulo.

Eu precisava resistir mais um pouco. Continuar buscando até o final sem ter medo de ser derrotado. Manter ainda a esperança de encontrar minha espada e decifrar seu segredo.

E — quem sabe? — se aquela menina estivesse tentando me dizer algo que eu não queria entender? Se a Porta do Perdão, que ficava numa igreja, tinha o mesmo efeito espiritual que a chegada a Santiago, por que ali não podia estar a minha espada?

— Vamos logo — eu disse à menina. Olhei para o monte que eu tinha acabado de descer; era preciso voltar atrás e subir parte dele novamente. Eu havia passado pela Porta do Perdão sem qualquer desejo de conhecê-la, pois meu único objetivo fixo era chegar a Santiago. Entretanto, ali estava uma menina, única presença viva naquela tórrida tarde de verão, insistindo para que eu voltasse atrás e conhecesse algo que havia passado ao largo. Talvez a minha pressa e o meu desânimo me tivessem feito passar pelo meu objetivo sem reconhecê-lo. Afinal de contas, por que aquela garota não havia ido embora depois que lhe dei o dinheiro?

Petrus sempre dissera que eu gostava muito de fantasiar as coisas. Mas ele podia estar enganado.

Enquanto acompanhava a garota, ia me lembrando da história da Porta do Perdão. Era uma espécie de "arranjo" que a Igreja tinha feito com os peregrinos doentes, já que dali para a frente o Caminho voltava a ser acidentado e cheio de montanhas até Compostela. Então, no século XII, algum papa dissera que quem não tivesse forças para ir adiante bastava atravessar a Porta do Perdão e receberia as mesmas indulgências dos peregrinos que chegavam ao fim do Caminho. Num passe de mágica, o tal papa havia resolvido o problema das montanhas e estimulado as peregrinações.

Subimos pelo mesmo lugar em que eu tinha passado antes: caminhos sinuosos, escorregadios e íngremes. A menina ia na frente, disparada como um raio, e muitas vezes eu tive que pedir que andasse mais devagar. Ela obedecia por certo tempo e logo perdia o sentido de velocidade e começava a correr de novo. Meia hora depois de muitas reclamações, chegamos finalmente à Porta do Perdão.

— Eu tenho a chave da Igreja — disse ela. — Vou entrar e abrir a Porta, para que o senhor a atravesse.

A menina entrou pela porta principal e eu fiquei esperando do lado de fora. Era uma capela pequena, e a Porta era uma abertura voltada para o norte. Tinha o umbral todo decorado com vieiras e cenas da vida de São Tiago. Quando comecei a ouvir o barulho da chave na fechadura, um imenso pastor-alemão — surgido não sei de onde — aproximou-se e se interpôs entre mim e a Porta.

Meu corpo preparou-se imediatamente para a luta. "Mais uma vez", pensei comigo mesmo. "Essa história parece que não vai acabar nunca. Sempre provas, lutas e humilhações. E nenhuma pista da espada."

Nesse momento, porém, a Porta do Perdão se abriu e a menina apareceu. Ao ver o cachorro olhando para mim — e eu já de olhos fixos nos olhos dele — ela disse algumas palavras carinhosas, e o animal logo amansou. Abanando o rabo, ele seguiu em direção aos fundos da igreja.

Era possível que Petrus tivesse razão. Eu adorava fantasiar as coisas. Um simples pastor-alemão tinha-se transformado em algo ameaçador e sobrenatural. Aquilo era um mau sinal — sinal de cansaço que leva à derrota.

Mas ainda restava uma esperança. A menina fez sinal para que eu entrasse. Com o coração cheio de expectativa, cruzei a Porta do Perdão e recebi as mesmas indulgências que os peregrinos de Santiago.

Meus olhos percorreram o templo vazio, quase sem imagens, em busca da única coisa que me interessava.

— Ali estão os capitéis em concha, símbolo do Caminho — começou a menina, cumprindo seu papel de guia turístico. — Esta é Santa Águeda do século...

Em pouco tempo percebi que havia sido inútil voltar todo aquele trecho.

— E este é Santiago Matamouros, brandindo sua espada e com os mouros sob seu cavalo, estátua do século...

Ali estava a espada de Santiago. Mas não estava a minha. Estendi mais algumas pesetas para a menina e ela não aceitou. Meio ofendida, pediu que eu saísse logo e deu por encerrada as explicações sobre a igreja.

Desci novamente a montanha e voltei a caminhar em direção a Compostela. Enquanto cruzava pela segunda vez Villafranca del Bierzo, apareceu outro homem, que disse chamar-se Ángel*, e me perguntou se eu queria conhecer a Igreja de São José Operário. Apesar da magia de seu nome, eu tinha acabado de ter uma decepção, e já estava certo de que Petrus era um verdadeiro conhecedor do espírito humano. Nós sempre temos a tendência de fantasiar as coisas que não existem e de não ver as grandes lições que estão diante de nossos olhos.

Mas, apenas para confirmar isso mais uma vez, deixei-me conduzir por Ángel até chegarmos à outra igreja. Estava fechada e ele não tinha a chave. Mostrou-me, sobre a porta, a estátua de São José com as ferramentas de carpinteiro na mão. Eu olhei, agradeci e lhe ofereci algumas pesetas. Ele não quis aceitar e me largou no meio da rua.

— Temos orgulho de nossa cidade — disse. — Não é por dinheiro que fazemos isso.

Voltando mais uma vez pelo mesmo caminho, em quinze minutos eu havia deixado para trás Villafranca del Bierzo, com suas portas, suas ruas e seus guias misteriosos que nada pediam em troca.

Segui durante algum tempo pelo terreno montanhoso à minha frente, onde o esforço era extremo e o progresso muito pequeno. No começo pensava apenas nas minhas preocupações anteriores — a solidão, a vergonha de haver decepcionado Petrus, minha espada e seu segredo. Mas, aos poucos, as imagens da menina e de Ángel começaram a voltar a cada instante ao meu pensamento. Enquanto eu estava de olhos fixos em minha recompen-

---

* Ángel quer dizer anjo em espanhol.

sa, eles tinham me dado o melhor de si. Seu amor por aquela cidade. Sem pedirem nada em troca. Uma ideia ainda meio confusa começou a se formar nas profundezas de mim mesmo. Era uma espécie de elemento de ligação entre tudo aquilo. Petrus sempre havia insistido que a busca da recompensa era absolutamente necessária para que se chegasse à Vitória. Entretanto, sempre que eu esquecia o resto do mundo e passava a me preocupar apenas com minha espada, ele me fazia voltar à realidade através de processos dolorosos. Esse procedimento havia se repetido várias vezes durante o Caminho.

Era algo proposital. E ali devia estar o segredo da minha espada. O que estava mergulhado no fundo da minha alma começou a sacudir-se e a mostrar um pouco de luz. Eu ainda não sabia o que estava pensando, mas algo me dizia que eu estava na pista certa.

Agradeci por haver cruzado com Ángel e com a menina; havia o Amor que Devora na maneira como falavam das igrejas. Fizeram-me percorrer duas vezes o caminho que eu havia determinado fazer àquela tarde. E, por causa disso, eu havia tornado a esquecer o fascínio do Ritual da Tradição e voltado às terras de Espanha.

Lembrei um dia já muito distante, quando Petrus me contou que havíamos caminhado várias vezes a mesma rota nos Pireneus. Senti saudades daquele dia. Tinha sido um bom começo — quem sabe se a repetição do mesmo fato, agora, era presságio de um bom final.

Naquela noite cheguei a um povoado e pedi pousada na casa de uma velha senhora, que me cobrou uma quantia mínima pela cama e pela alimentação. Conversamos um pouco, ela me falou de sua fé em Jesus do Sagrado Coração e de suas preocupações com a safra de olivas naquele ano de seca. Eu tomei o vinho, a sopa e fui dormir cedo.

Estava me sentindo mais tranquilo, por causa daquele pensamento que se formava em mim e que devia explodir logo. Rezei, fiz alguns exercícios que Petrus havia me ensinado e resolvi invocar Astrain.

Precisava conversar com ele sobre o que tinha acontecido durante a luta com o cão. Naquele dia ele tinha feito o possível para me prejudicar e, depois de sua recusa no episódio da cruz, eu estava decidido a afastá-lo para sempre de minha vida. Mas, se eu não tivesse identificado sua voz, teria cedido às tentações que apareceram durante todo o combate.

"Você fez o possível para ajudar Legião a vencer", disse eu.

"Eu não luto contra meus irmãos", respondeu Astrain. Era a resposta que eu estava esperando. Eu já fora prevenido a esse respeito, e era tolice ficar aborrecido pelo fato de o Mensageiro seguir sua própria natureza. Tinha que buscar nele o companheiro que me ajudasse em momentos como esse pelo qual eu estava passando — esta era a sua única função. Deixei de lado o rancor e começamos a conversar animadamente sobre o Caminho, sobre Petrus e sobre o segredo da espada, que eu pressentia já estar dentro de mim. Ele não me disse nada de importante, apenas que esses segredos lhe eram vedados. Mas pelo menos eu tive alguém com quem desabafar um pouco, depois de uma tarde inteira em silêncio.

Conversamos até tarde, quando a velha bateu à minha porta dizendo que eu estava falando enquanto dormia.

Acordei mais animado e comecei a caminhada de manhã bem cedo. Pelos meus cálculos, eu chegaria naquela mesma tarde às terras da Galícia, onde estava Santiago de Compostela. O caminho era todo em subida e tive que fazer um esforço dobrado durante quase quatro horas para manter o ritmo de caminhada a que me havia imposto. A todo momento esperava que, na próxima lombada, começássemos a descer. Mas isso não acontecia nunca e acabei perdendo as esperanças de andar mais rápido naquela manhã. Ao longe, via algumas montanhas mais altas e lembrava a todo instante que mais cedo ou mais tarde teria que passar por elas. O esforço físico, entretanto, havia parado quase por completo o meu pensamento, e comecei a me sentir mais amigo de mim mesmo.

"Ora bolas", pensei eu, "afinal de contas, quantos homens neste mundo podiam levar a sério alguém que larga tudo para procurar uma espada? E o que poderia significar verdadeiramente na minha vida o fato de não conseguir encontrá-la?" Eu havia aprendido as Práticas de RAM, tinha conhecido meu Mensageiro, lutado com o cão e olhado para a minha Morte — repetia eu, mais uma vez, tentando me convencer de como era importante para mim o Caminho de Santiago. A espada era apenas uma consequência. Gostaria de encontrá-la, mas gostaria mais ainda de saber o que fazer com ela. Porque precisava utilizá-la de algum modo prático, como havia utilizado os exercícios que Petrus me ensinara.

Parei de repente. O pensamento que até então estava submerso explodiu. Tudo a minha volta ficou claro e uma onda incontrolável de Ágape jorrou de dentro de mim. Desejei com toda a intensidade que Petrus estivesse ali, para que pudesse contar-lhe aquilo que queria saber de mim, a única coisa que na verdade esperava que eu descobrisse, e que coroava todo aquele tempo enorme de ensinamentos pelo Estranho Caminho de Santiago: qual era o segredo da minha espada.

E o segredo da minha espada, como o segredo de qualquer conquista que o homem busca nesta vida, era a coisa mais simples do mundo: o que fazer com ela.

Eu jamais havia pensado nesses termos. Durante o Estranho Caminho de Santiago, tudo o que eu queria saber era onde ela estava escondida. Não me perguntei por que desejava encontrá-la e para que precisava dela. Estava com toda a minha energia voltada para a recompensa, sem entender que quando alguém deseja algo tem que ter uma finalidade muito clara para aquilo que quer. Este é o único motivo de se buscar uma recompensa, e era este o segredo da minha espada.

Petrus precisava saber que eu havia descoberto isso, mas tinha certeza que não tornaria a vê-lo. Ele esperara tanto por este dia e não o havia visto.

Então, em silêncio, eu me ajoelhei, tirei uma folha do caderno de anotações e escrevi o que pretendia fazer com minha espada. Depois dobrei a folha cuidadosamente e a coloquei debaixo de uma pedra — que me lembrava seu nome e sua amizade. O tempo em breve haveria de destruir esse papel, mas simbolicamente eu o estava entregando a Petrus.

Ele já sabia o que eu ia conseguir com minha espada. Minha missão com Petrus também estava cumprida.

Segui montanha acima, com Ágape fluindo de dentro de mim e colorindo toda a paisagem a meu redor. Agora que havia descoberto o segredo, haveria de descobrir o que procurava. Uma fé, uma certeza inabalável tomou conta de todo o meu ser. Comecei a cantar a música italiana que Petrus havia relembrado no estacionamento de vagões. Como eu não sabia a letra, passei a inventar as palavras. Não havia ninguém por perto, eu cruzava uma mata espessa e o isolamento me fez cantar mais alto. Aos poucos, percebi que as palavras que eu inventava faziam um sentido absurdo na minha cabeça, era um meio de comunicação com o mundo que só eu conhecia, pois o mundo estava me ensinando agora.

Eu experimentara isso de uma maneira diversa quando tive meu primeiro encontro com Legião. Naquele dia, havia se manifestado em mim o Dom das Línguas. Eu tinha sido servo do Espírito, que me utilizou para salvar uma mulher, criar um Inimigo e me ensinar a forma cruel do Bom Combate. Agora era diferente: eu era o Mestre de mim mesmo e me ensinava a conversar com o Universo.

Comecei a conversar com todas as coisas que apareciam no caminho: troncos de árvores, poças de água, folhas caídas e trepadeiras vistosas. Era um exercício de pessoas comuns que as crianças ensinavam e os adultos esqueciam. Mas havia uma misteriosa resposta das coisas, como se entendessem o que eu estava dizendo e em troca me inundassem com o Amor que Devora. Entrei numa espécie de transe e fiquei assustado, mas estava disposto a seguir até cansar com aquele jogo.

Petrus mais uma vez tinha razão: ensinando a mim mesmo, eu me transformava num Mestre.

Chegou a hora do almoço e não parei para comer. Quando atravessava as pequenas povoações no caminho eu falava mais baixo, ria sozinho, e se alguém porventura prestou atenção em mim deve ter concluído que os peregrinos hoje em dia chegavam loucos à Catedral de Santiago. Mas isso não tinha importância, porque eu celebrava a vida ao meu redor e já sabia o que tinha que fazer com a minha espada quando a encontrasse.

Durante o resto da tarde caminhei em transe, consciente de aonde queria chegar, mas muito mais consciente da vida que me cercava e que me devolvia Ágape. No céu começaram a se formar, pela primeira vez, nuvens carregadas; e torci para que chovesse — porque, depois de tanto tempo de caminhada e de seca, a chuva era novamente uma experiência nova, excitante. Quando deu três horas da tarde eu pisei em terras da Galícia e vi no mapa que sobrava apenas uma montanha para completar a travessia daquela etapa. Decidi que haveria de cruzá-la e dormir no primeiro lugar habitado da descida: Tricastela, onde um grande rei — Alfonso IX — havia sonhado criar uma imensa cidade, que muitos séculos depois ainda não passava de um povoado rural.

Ainda cantando e falando a língua que eu havia inventado para conversar com as coisas, comecei a subir a montanha que faltava: o Cebreiro. O nome vinha de remotos povoados romanos no local e parecia indicar o mês de "fevereiro", em que algo importante devia ter acontecido. Antigamente era considerado o passo mais difícil da Rota Jacobea, mas hoje as coisas haviam mudado. Exceto pela subida, mais íngreme que as outras, uma imensa antena de televisão num monte vizinho servia sempre de referência aos peregrinos e evitava os constantes desvios de rota — comuns e fatais no passado.

As nuvens começaram a baixar muito, e em pouco tempo eu estaria entrando na neblina. Para chegar a Tricastela, eu tinha que seguir com todo o cuidado as marcas amarelas, já que a antena de televisão estava oculta pelo nevoeiro. Se eu me perdesse, terminaria dormindo mais uma noite ao relento — e naquele dia, com ameaça de chuva, a experiência se antecipava bastante desagradável. Uma coisa é deixar que os pingos caiam em seu rosto, gozar a plenitude da liberdade e da vida, mas terminar a noite num lugar acolhedor — com um copo de vinho e uma cama onde descansar o suficiente para a caminhada do dia seguinte. Outra é deixar que os pingos de água se transformem numa noite insone, tentando dormir na lama, com as ataduras molhadas servindo de solo fértil para a infecção no joelho.

Tinha que decidir rápido. Era seguir em frente e atravessar o nevoeiro — já que ainda havia bastante luz para isso — ou voltar e dormir no pequeno povoado pelo qual eu havia passado algumas horas atrás, deixando a travessia do Cebreiro para o dia seguinte.

No momento em que notei a necessidade de uma decisão imediata, notei também que alguma coisa estranha estava acontecendo comigo. A certeza de que havia descoberto o segredo de minha espada me empurrava para a frente, em direção ao nevoeiro que em breve haveria de me cercar. Era um sentimento bem diverso daquele que me havia feito seguir a menina até a Porta do Perdão ou o homem que me levou à Igreja de São José Operário.

Lembrei que, das poucas vezes que aceitei dar um Curso de Magia no Brasil, costumava comparar a experiência mística a uma outra experiência que todos já tivemos: andar de bicicleta. Você começa subindo nela, impulsionando o pedal e caindo. Você anda e cai, anda e cai, e vai aprendendo a se equilibrar aos poucos. De repente, entretanto, acontece o equilíbrio perfeito e você consegue dominar inteiramente o veículo. Não existe uma experiência acumulativa, mas uma espécie de "milagre", que só se manifesta no momento em que a bicicleta passa a "andar você"; ou seja, quando você aceita seguir o desequilíbrio das duas rodas e, à medida que o segue, passa a utilizar o impulso inicial de queda para transformá-lo numa curva ou em mais impulso para o pedal.

Naquele momento da subida do Cebreiro, às quatro horas da tarde, notei que o mesmo milagre havia acontecido. Depois de tanto tempo andando pelo Caminho de

Santiago, o Caminho de Santiago passava a "me andar". Eu seguia aquilo que todos chamam de Intuição. E por causa do Amor que Devora que eu havia experimentado durante todo o dia, por causa do segredo da minha espada que tinha sido descoberto e porque o homem sempre nos momentos de crise toma a decisão correta, caminhava sem medo em direção ao nevoeiro.

"Esta nuvem tem que acabar", pensava eu enquanto lutava para descobrir as marcas amarelas nas pedras e nas árvores do Caminho. Fazia quase uma hora que a visibilidade era muito pequena, e eu continuava cantando, para afastar o medo, enquanto esperava que algo de extraordinário acontecesse. Cercado pela neblina, sozinho naquele ambiente irreal, comecei mais uma vez a ver o Caminho de Santiago como se fosse um filme, no momento em que a gente vê o herói fazer o que ninguém faria, enquanto, na plateia, a gente pensa que essas coisas só acontecem no cinema. Mas ali estava eu, vivendo esta situação na vida real. A floresta ia ficando cada vez mais silenciosa e o nevoeiro começou a clarear muito. Podia ser que estivesse chegando ao final, mas aquela luz confundia meus olhos e pintava tudo a minha volta com cores misteriosas e aterradoras.

O silêncio era agora quase total, e eu estava prestando atenção nisso quando julguei ouvir, vinda da minha esquerda, uma voz de mulher. Parei imediatamente. Esperava que o som se repetisse, mas não escutei nenhum ruído — nem mesmo o barulho normal das florestas, com seus grilos, insetos e animais pisando em folhas secas. Olhei para o relógio: eram exatamente cinco e quinze da tarde. Calculei que ainda faltavam uns quatro quilômetros para chegar a Torrestrela, e o tempo de caminhada era mais que suficiente para que eu pudesse fazer isso ainda com a luz do dia.

Quando tirei os olhos do relógio, escutei novamente a voz feminina. A partir daquele momento, eu iria viver uma das experiências mais importantes de toda a minha vida.

A voz não vinha de nenhum lugar da floresta, mas de dentro de mim. Eu conseguia escutá-la de maneira clara e nítida e ela fazia com que meu sentido de Intuição a tornasse mais forte. Não era eu — nem Astrain — o dono daquela voz. Ela me disse apenas que eu devia continuar caminhando, ao que obedeci sem pestanejar. Era como se Petrus tivesse voltado, me falando do mandar e do servir, e naquele instante eu fosse apenas um instrumento do Caminho que "me caminhava". O nevoeiro foi ficando cada vez mais claro, mais claro, como se eu estivesse chegando perto do seu final. Ao meu lado, árvores esparsas, um terreno úmido e escorregadio, e a mesma subida íngreme que eu já estava trilhando havia bastante tempo.

De repente, como num passe de mágica, o nevoeiro se desfez por completo. E diante de mim, cravada no alto da montanha, estava a Cruz.

Olhei em volta, vi o mar de nuvens de onde saí, e outro mar de nuvens bem acima de minha cabeça. Entre esses dois oceanos, os picos das montanhas mais altas e o pico do Cebreiro, com a Cruz. Fui tomado de uma grande vontade de rezar. Mesmo sabendo que aquilo ia me tirar do caminho de Torrestrela, resolvi subir até o alto da montanha e fazer minhas orações ao pé da cruz. Foram quarenta minutos de subida que fiz em silêncio externo e interno. A língua que eu havia inventado tinha desaparecido de minha cabeça, já não servia para me comunicar nem com os homens, nem com Deus. O Caminho de Santiago era quem me "estava andando", e ele iria revelar o local da minha espada. Petrus mais uma vez estava certo.

Ao chegar ao topo, um homem estava sentado ao lado da Cruz, escrevendo algo. Por alguns momentos pensei que era um enviado, uma visão sobrenatural. Mas a Intuição disse que não e eu vi a vieira costurada na sua roupa; era apenas um peregrino que me olhou por longo tempo e saiu, importunado com a minha presença. Talvez ele estivesse esperando a mesma coisa que eu — um Anjo — e nós nos tínhamos descoberto como homens. No caminho das pessoas comuns.

Apesar do desejo de orar, não consegui dizer nada. Fiquei diante da Cruz por muito tempo, olhando as montanhas e as nuvens — que cobriam o céu e a terra, deixando apenas os altos cumes sem neblina. A uma centena de metros abaixo de mim, um lugarejo com quinze casas e uma pequena igreja começou a acender suas luzes. Pelo menos eu tinha onde passar a noite, quando o Caminho assim ordenasse. Não sabia exatamente a que horas isso ia acontecer, mas, apesar de Petrus haver partido, eu não estava sem um guia. O caminho "me andava".

Um cordeiro desgarrado subiu o monte e colocou-se entre mim e a Cruz. Ele me olhou, um pouco assustado. Durante muito tempo fiquei olhando o céu quase negro, a cruz e o cordeiro branco aos seus pés. Então senti, de uma só vez, o cansaço de todo aquele tempo de provas, de lutas, de lições e de caminhada. Uma dor terrível tomou meu estômago e começou a subir pela garganta, até transformar-se em soluços secos, sem lágrimas, diante daquele cordeiro e daquela cruz. Uma cruz que eu não precisava colocar em pé, porque estava ali diante de mim, resistindo ao tempo, solitária e imensa. Mostrava o destino que o homem dera, não ao seu deus, mas a si mesmo. As lições do Caminho de Santiago começavam a voltar todas à minha cabeça, enquanto eu soluçava diante do testemunho solitário daquele cordeiro.

— Senhor — disse eu, finalmente conseguindo rezar. — Eu não estou pregado nesta cruz e tampouco Te vejo aí. Esta cruz está vazia e assim deve permanecer para sempre, porque o tempo da Morte já passou e um deus agora ressuscita dentro de mim. Esta cruz era o símbolo do Poder infinito que todos nós temos, pregado e morto do homem. Agora este Poder renasce para a vida, o mundo está salvo, e eu sou capaz de operar os seus Milagres. Porque percorri o caminho das pessoas comuns e nelas encontrei Teu próprio segredo. Também Tu percorreste o caminho das pessoas comuns. Vieste ensinar tudo de que éramos capazes, e nós não quisemos aceitar. Mostraste-nos que o Poder e a Glória estavam ao alcance de todos, e esta súbita visão de nossa capacidade foi demais para nós. Nós Te crucificamos não porque somos ingratos com o Filho de Deus, mas porque tínhamos muito medo de aceitar nossa própria capacidade. Nós Te crucificamos com medo de nos transformarmos em deuses. Com o tempo e com a tradição, Tu voltaste a ser apenas uma divindade distante, e nós retomamos o nosso destino de homens.

"Não existe nenhum pecado em ser feliz. Meia dúzia de exercícios e um ouvido atento bastam para conseguir que um homem realize seus sonhos mais impossíveis. Por causa do meu orgulho na sabedoria, me fizeste percorrer o caminho que todos podiam trilhar, e descobrir o que todos já sabem, se prestarem um pouco mais de atenção na vida. Fizeste-me ver que a busca da felicidade é pessoal, e não um modelo que possamos dar para os outros. Antes de descobrir minha espada, tive que descobrir o seu segredo — e era tão simples, era apenas saber o que fazer com ela. Com ela e com a felicidade que ela irá representar para mim.

"Caminhei tantos quilômetros para descobrir coisas que eu já sabia, que todos nós sabemos, mas que são tão difíceis de aceitar. Existe algo mais difícil para o homem, Senhor, que descobrir que pode atingir o Poder? Esta dor que sinto agora no meu peito, e que me faz soluçar e assustar o cordeiro, vem acontecendo desde que o homem existe. Poucos aceitaram o fardo da própria vitória: a maioria desistiu dos sonhos quando eles se tornaram possíveis. Recusaram-se a combater o Bom Combate porque não sabiam o que fazer com a própria felicidade, estavam por demais presos às coisas do mundo. Assim como eu, que queria encontrar minha espada sem saber o que fazer com ela."

Um deus adormecido estava acordando dentro de mim, e a dor era cada vez mais intensa. Sentia por perto a presença do meu Mestre e consegui pela primeira vez transformar os soluços em lágrimas. Chorei de gratidão por ele me haver feito buscar minha espada através do Caminho de Santiago. Chorei de gratidão por Petrus, por me haver ensinado, sem dizer nada, que eu atingiria meus sonhos se descobrisse primeiro o que desejava fazer com eles. Avistei a cruz sem ninguém e o cordeiro aos seus pés, livre para passear onde quisesse entre aquelas montanhas, e ver nuvens sobre sua cabeça e sobre seus pés.

O cordeiro levantou-se e eu o segui. Já sabia onde estava me levando e, apesar das nuvens, o mundo tinha ficado transparente para mim. Mesmo que não estivesse vendo a Via Láctea no céu, eu tinha certeza de que ela existia e mostrava a todos o Caminho de Santiago. Segui o cordeiro, que caminhou em direção àquela cidadezinha — também chamada Cebreiro, como o monte. Ali, certa vez um milagre havia acontecido — o milagre de transformar aquilo que você faz naquilo que você crê. O Segredo da minha espada e do Estranho Caminho de Santiago.

Enquanto descia a montanha, recordei a história. Um camponês de um povoado próximo subiu para ouvir missa no Cebreiro, num dia de grande tempestade. Celebrava a missa um monge quase sem fé, que desprezou interiormente o sacrifício do camponês. Mas, no momento da consagração, a hóstia se transformou na carne de Cristo, e o vinho em seu sangue. As relíquias ainda estão ali, guardadas naquela pequena capela, um tesouro maior que toda a riqueza do Vaticano.

O cordeiro parou um pouco na entrada do povoado — onde só existe uma rua, que leva até a igreja. Neste momento fui tomado de um imenso pavor e comecei a repetir sem cessar: "Senhor, eu não sou digno de entrar em Tua Casa". Mas o cordeiro me olhou e falou comigo através de seus olhos. Dizia que esquecesse para sempre a minha indignidade, porque o Poder havia renascido em mim, da mesma maneira que podia renascer em todos os homens que transformassem a vida em um Bom Combate. Um dia chegará — diziam os olhos do Cordeiro — em que o homem vai voltar a sentir orgulho de si mesmo e toda a Natureza então louvará o despertar do deus que ali estava dormindo.

Enquanto o cordeiro me olhava eu podia ler tudo isso em seus olhos, e agora ele era meu guia pelo Caminho de Santiago. Por um momento tudo ficou escuro e comecei a ver cenas muito parecidas com as que tinha lido no Apocalipse: o Grande Cordeiro no seu trono e os homens lavando suas vestes e as deixando claras com o sangue do Cordeiro. Era o despertar do deus adormecido em cada um. Vi também alguns combates, períodos difíceis, catástrofes que iam sacudir a Terra nos próximos anos. Mas tudo terminava com a vitória do Cordeiro e com cada ser humano sobre a face da Terra despertando o deus adormecido com todo o seu Poder.

Então me levantei e segui o cordeiro até a pequena capela, construída pelo camponês e pelo monge que havia passado a acreditar no que fazia. Ninguém sabe quem foram. Duas lápides sem nome no cemitério ao lado marcam o local onde estão enterrados seus ossos. Mas é impossível saber qual é o túmulo do monge e qual o do camponês. Porque, para que houvesse o Milagre, era preciso que as duas forças tivessem combatido o Bom Combate.

A capela estava cheia de luz quando cheguei a sua porta. Sim, eu era digno de entrar porque tinha uma espada e sabia o que fazer com ela. Não era o Portal do Perdão, porque eu já havia sido perdoado e já havia lavado minhas vestes no sangue do Cordeiro. Agora eu queria apenas colocar as mãos na minha espada e sair combatendo o Bom Combate.

Na pequena construção não existia nenhuma cruz. Ali, no altar, estavam as relíquias do Milagre: o cálice e a pátena que tinha visto durante a Dança, e um relicário de prata contendo o corpo e o sangue de Jesus. Eu voltava a acreditar em milagres e nas coisas impossíveis que o homem é capaz de conseguir na sua vida diária. Os altos cumes que me cercavam pareciam dizer que só estavam ali para desafiar o homem. E que o homem só existia para aceitar a honra deste desafio.

O cordeiro se esgueirou por um dos bancos e eu olhei em frente. Diante do altar, sorrindo — e talvez um pouco aliviado —, estava o Mestre. Com minha espada na mão.

Eu parei e ele se aproximou, passando direto por mim e saindo até o lado de fora. Eu o segui. Diante da capela, olhando para o céu escuro, ele desembainhou minha espada e pediu que eu segurasse no punho junto com ele. Apontou a lâmina para cima e disse o Salmo sagrado daqueles que viajam e lutam para vencer:

> Caiam mil ao teu lado, e dez mil à tua direita, tu não serás atingido.
> Nenhum mal te sucederá, praga nenhuma chegará à tua tenda; pois a seus Anjos dará ordens a teu respeito, para que te guardem em todos os teus Caminhos.

Então me ajoelhei e ele tocou com a lâmina nos meus ombros enquanto dizia:

> Pisarás o leão e a áspide,
> Calcarás aos pés o leãozinho e o dragão.

No momento em que terminou de dizer isso, começou a chover. Chovia e fertilizava a terra, e aquela água só tornaria a voltar para o céu depois que tivesse feito nascer uma semente, crescer uma árvore, abrir uma flor. Chovia cada vez mais forte e eu fiquei de cabeça erguida, sentindo pela primeira vez em todo o Caminho de Santiago a água que vinha dos céus. Lembrei-me dos campos desertos, e estava feliz porque naquela noite estavam sendo molhados. Lembrei-me das pedras de Leão, dos trigais de Navarra, da aridez de Castela, dos vinhedos da Rioja, que hoje estavam bebendo a água que descia em torrentes, trazendo a força do que está nos céus. Lembrei que havia colocado uma cruz em pé, mas que a tempestade haveria de derrubá-la novamente por terra para que outro peregrino pudesse aprender o Mandar e o Servir. Pensei na cachoeira, que agora devia estar mais forte com a água da chuva, e em Foncebadón, onde havia deixado tanto Poder para fertilizar novamente o solo. Pensei em tantas águas que bebi em tantas fontes e que agora estavam sendo devolvidas. Eu era digno de minha espada porque sabia o que fazer com ela.

O Mestre me estendeu a espada e eu a segurei. Tentei buscar com os olhos o cordeiro, mas ele havia desaparecido. Entretanto, isso não tinha a menor importância: a Água Viva descia dos céus e fazia com que a lâmina de minha espada brilhasse.

Palavras finais

SANTIAGO DE COMPOSTELA

Da janela do meu hotel posso ver a Catedral de Santiago, e alguns turistas estão em sua porta principal. Estudantes em roupas medievais negras passeiam entre as pessoas e os vendedores de suvenires começam a montar suas barracas. É de manhã bem cedo, e, fora as anotações, estas linhas são as primeiras que estou escrevendo sobre o Caminho de Santiago.

Cheguei ontem à cidade, depois de pegar um ônibus que fazia linha regular entre Pedrafita — perto do Cebreiro — e Compostela. Em quatro horas percorremos os cento e cinquenta quilômetros que separavam as duas cidades e lembrei-me da caminhada com Petrus — às vezes precisávamos de duas semanas para percorrer essa mesma distância. Daqui a pouco vou sair e deixar no túmulo de Santiago a imagem de Nossa Senhora Aparecida sobre as vieiras. Depois, assim que for possível, pego um avião de volta para o Brasil, pois tenho muito que fazer. Lembro-me de Petrus haver dito que tinha condensado toda a sua experiência em um quadro, e passa-me pela cabeça a ideia de escrever um livro sobre o que vivi. Mas isso ainda é uma ideia remota, e tenho muito que fazer agora que recuperei minha espada.

O segredo da minha espada é meu e jamais irei revelá-lo. Ele foi escrito e deixado debaixo de uma pedra, mas, com a chuva que caiu, o papel já deve ter sido destruído. Melhor assim. Petrus não precisava saber.

Perguntei ao Mestre como ele sabia a data em que eu iria chegar ou se já estava ali havia bastante tempo. Ele riu, disse que tinha chegado na manhã anterior e iria partir no dia seguinte, mesmo que eu não chegasse. Perguntei como isso era possível, e ele nada respondeu. Mas na hora de nos despedirmos, quando já estava dentro do carro alugado que o levaria de volta a Madri, ele me deu uma pequena comenda da Ordem de Santiago da Espada e disse que eu já tivera uma grande Revelação quando olhei no fundo dos olhos do cordeiro.

Entretanto, se eu me esforçasse como havia me esforçado, talvez conseguisse um dia entender que as pessoas sempre chegam na hora exata aos lugares onde estão sendo esperadas.

O CAMINHO
REVISITADO

AVE FÊNIX

Percorrendo o Caminho de Santiago vinte anos depois, paro em Villafranca del Bierzo. Ali, uma das figuras mais emblemáticas do percurso, Jesus Jato, construiu um refúgio para peregrinos. Vieram pessoas da aldeia e, achando que Jato era um bruxo, incendiaram o local. Ele não se deixou intimidar e, junto com Mari Carmen, sua mulher, recomeçou tudo. O local passou a chamar-se Ave Fênix, o pássaro que renasce das cinzas.

Jato é famoso por preparar a "queimada", bebida alcoólica de origem celta, que ingerimos em uma espécie de ritual, também celta. Nesta noite fria de primavera, estão no Ave Fênix uma canadense, dois italianos, três espanhóis e uma australiana. E Jato conta para todos algo que aconteceu comigo em 1986 e que não tive coragem de incluir no livro O *diário de um mago*, certo de que os leitores não acreditariam.

— Um padre local chegou aqui avisando que um peregrino tinha passado por Villafranca aquela manhã e não chegara ao Cebreiro (próxima etapa), estando, portanto, perdido na floresta — diz Jato. — Fui procurá-lo e só o encontrei às duas da tarde, dormindo em uma caverna. Era o Paulo. Ao despertá-lo, ele reclamou: "Será que não posso dormir sequer uma hora neste caminho?". Expliquei que não dormira apenas uma hora; estava ali havia mais de um dia.

Lembro-me como se fosse hoje: eu me sentia cansado e deprimido, então resolvi parar um pouco. Descobri a caverna e deitei-me no chão. Quando abri os olhos e vi o tal sujeito, tinha certeza de que não haviam transcorrido mais que alguns minutos, porque eu nem sequer tinha me mexido. Até hoje não sei exatamente como isso aconteceu e tampouco procuro explicações — aprendi a conviver com o mistério.

Todos bebemos a "queimada", acompanhando Jato em seus "uuuh!" enquanto ele recita os versos ancestrais. No final, a canadense se aproxima de mim.

— Não sou o tipo de pessoa que está em busca de tumbas de santos, rios sagrados, locais de milagres ou aparições. Para mim, peregrinar é celebrar. Tanto meu pai como minha mãe morreram cedo, de ataque cardíaco, e talvez eu tenha propensão para isso. Portanto, como posso partir cedo desta vida, preciso conhecer o máximo do mundo e ter toda a alegria que mereço.

"Quando minha mãe morreu, prometi a mim mesma alegrar-me sempre que o sol nascer de novo a cada manhã. Olhar o futuro, mas nunca sacrificar o presente por causa disso. Aceitar o amor todas as vezes que ele cruzar meu caminho. Viver cada minuto e jamais adiar qualquer coisa que possa me deixar contente."

Lembro-me do ano de 1986, quando também deixei

tudo de lado para fazer este percurso que terminaria por mudar minha vida. Naquela época, muita gente me criticou, achando que era loucura — apenas minha mulher me deu apoio suficiente. A canadense diz que o mesmo se passou com ela e me estende um texto que carrega consigo:

— É um trecho do discurso que o presidente americano Theodore Roosevelt proferiu na Sorbonne, em Paris, no dia 23 de abril de 1910.

Leio o que está no papel:

O crítico não tem importância alguma: tudo o que faz é apontar um dedo acusador no momento em que o forte sofre uma queda ou na hora em que aquele que está fazendo algo comete um erro. O verdadeiro crédito vai para aquele que está na arena, com o rosto sujo de poeira, suor e sangue, lutando com coragem.

O verdadeiro crédito vai para aquele que erra, que falha, mas que aos poucos vai acertando, porque não existe esforço sem erro. Ele conhece o grande entusiasmo, a grande devoção, e está gastando sua energia em algo que vale a pena. Este é o verdadeiro homem, que na melhor das hipóteses irá conhecer a vitória e a conquista, e que na pior das hipóteses irá cair. Mas mesmo em sua queda ele é grande, porque viveu com coragem e esteve acima daquelas almas mesquinhas que jamais conheceram vitórias ou derrotas.

LENDAS DO CAMINHO

Para cada um dos temas a seguir há muitas outras versões, mas selecionei as que considero mais interessantes.

O nascimento da cidade

Uma das muitas lendas conta que o apóstolo Tiago vai até a província romana da Hispânia levar o Evangelho. Mais tarde, retorna a Jerusalém, onde é decapitado.

Dois de seus discípulos, Atanásio e Teodoro, colocam seus restos mortais em um barco sem leme e se lançam ao mar revolto, sendo guiados apenas pelas correntes marítimas. E vão parar no mesmo local onde antes Tiago estivera pregando a palavra de Jesus. Os discípulos enterram seu corpo ali.

O tempo passa, até que um pastor, chamado Pelayo, vê durante muitos dias uma chuva de estrelas em um campo. Guiado por essa chuva, encontra ruínas de três tumbas — de Tiago e de seus dois discípulos. O rei Alfonso II manda erigir uma capela no local, "Campus Stellae" (Campo da Estrela), e as peregrinações começam. O nome latino vai aos poucos mudando, até transformar-se em Compostela.

A concha como símbolo

No dia em que o barco com os restos mortais de Tiago chegava à Galícia, uma forte tempestade ameaçava esmagá-lo contra as pedras da costa.

Um homem que passava, vendo aquilo, entra no mar com seu cavalo para tentar ajudar os navegantes. Entretanto ele também se torna alvo da fúria dos elementos e começa a se afogar. Acreditando que tudo está perdido, pede aos céus que tenham piedade de sua alma.

Neste momento, a tempestade acalma, e tanto o barco como o cavaleiro são suavemente conduzidos a uma praia. Ali, os discípulos Atanásio e Teodoro notam que o cavalo está coberto de um tipo de concha, conhecida também como "vieira".

Em homenagem ao heroico gesto, essa concha passa a ser o símbolo do Caminho e pode ser encontrada em edifícios ao longo da rota, nas pontes, nos monumentos e, sobretudo, nas mochilas dos peregrinos.

Tentando enganar o destino

No seu caminho até a Galícia, durante a Reconquista (guerras religiosas que terminaram com os espanhóis expulsando os árabes da península Ibérica), o imperador Carlos Magno enfrenta as tropas de um traidor perto de Monjardín. Antes da batalha, reza para Santiago, que lhe revela o nome de cento e quarenta soldados que irão morrer na luta. Carlos Magno deixa esses homens no acampamento e parte para o combate.

No fim daquela tarde, vitorioso e sem uma única baixa em seu exército, ele volta e descobre que o acampamento havia sido incendiado e os cento e quarenta homens estavam mortos.

O Portal da Glória

Ao chegar a Santiago de Compostela, o caminhante deve obedecer a uma série de rituais, entre eles colocar a mão em um belíssimo pórtico na porta principal da igreja. Reza a lenda que a obra de arte foi encomendada pelo rei Fernando II no ano de 1187 a um artesão chamado Mateus.

Durante anos, ele trabalhou o mármore, esculpindo inclusive sua própria figura, de joelhos, na parte posterior da coluna central.

Quando Mateus terminou sua obra, os habitantes da cidade resolveram furar seus olhos, para que jamais pudesse repetir tal maravilha em nenhum outro lugar do mundo.

DIREITA OU ESQUERDA?

Chego a Santiago de Compostela, desta vez de carro, para celebrar os vinte anos de minha peregrinação. Quando estava em Puente La Reina, veio a ideia de promover tardes de autógrafos sem grandes preparações: bastava telefonar para a próxima cidade onde deveríamos dormir, pedir que colocassem um cartaz na livraria local e estar ali na hora marcada.

Funcionou magnificamente nas pequenas aldeias, embora exigisse um pouco mais de organização em grandes cidades, como na própria Santiago de Compostela. Tive um contato inesperado com os leitores e aprendi que coisas feitas com amor podem ter o improviso como um grande aliado.

Santiago estava agora diante de mim. E algumas dezenas de quilômetros mais adiante, o oceano Atlântico. Mas estou decidido a seguir com as tais tardes de autógrafos improvisadas, já que pretendo ficar noventa dias fora de casa.

E, como não pretendo atravessar o oceano neste momento, me pergunto: devo ir para a direita (Santander, País Basco) ou para a esquerda (Guimarães, Portugal)?

Melhor deixar que o destino escolha. Minha mulher e eu entramos em um bar e perguntamos a um homem que está tomando café: direita ou esquerda? Ele diz com convicção que devemos seguir à esquerda — talvez pensando que nos referíssemos a partidos políticos.

Telefono para o meu editor português. Ele não pergunta se estou louco, não reclama de avisá-lo em cima da hora. Duas horas mais tarde me liga, diz que entrou em contato com as rádios locais de Guimarães e Fátima e que em vinte e quatro horas poderei estar com meus leitores naquelas cidades.

Tudo dá certo.

E em Fátima, como um sinal, recebo um presente de uma das pessoas que estão ali. Trata-se dos escritos de um monge budista, Thich Nhat Hanh, intitulados "The Long Road to Joy" (A longa estrada para a alegria). A partir daquele momento, antes de continuar a jornada de noventa dias pelo mundo, passo a ler todas as manhãs as sábias palavras de Nhat Hanh, que resumo a seguir:

1. Você já chegou. Portanto, sinta o prazer em cada passo e não fique preocupado com as coisas que ainda precisa superar. Não temos nada diante de nós, apenas um caminho a ser percorrido a cada momento com alegria. Quando praticamos a meditação peregrina, estamos sempre chegando, nosso lar é o momento atual, e nada mais.

2. Por causa disso, sorria sempre enquanto caminhar. Mesmo se tiver que forçar um pouco e achar-se ridículo. Acostume-se a sorrir e terminará alegre. Não tenha medo de mostrar seu contentamento.

3. Se pensar que paz e felicidade estão sempre adiante, jamais conseguirá alcançá-las. Procure entender que ambas são suas companheiras de viagem.

4. Quando você anda, está massageando e honrando a terra. Da mesma maneira, a terra está procurando ajudá-lo a equilibrar seu organismo e sua mente. Entenda essa relação e procure respeitá-la — que seus passos sejam dados com a firmeza de um leão, a elegância de um tigre e a dignidade de um imperador.

5. Preste atenção ao que acontece a sua volta. E concentre-se em sua respiração — isso o ajudará a libertar-se dos problemas e das ansiedades que tentam acompanhá-lo em sua jornada.

6. Ao caminhar, não é apenas você que está se movendo, mas todas as gerações passadas e futuras. No mundo chamado de "real" o tempo é uma medida, mas no verdadeiro mundo não existe nada além do momento presente. Tenha plena consciência de que tudo o que já aconteceu e tudo o que acontecerá estão em cada passo seu.

7. Divirta-se. Faça da meditação peregrina um encontro constante consigo mesmo; jamais uma penitência em

busca de recompensas. Que sempre cresçam flores e frutos nos lugares onde seus pés tocaram.

FRANCISCO

Tomo café no terraço do hotel com vista para um castelo gigantesco neste pequeno vilarejo com apenas algumas casas, na província de Navarra, Espanha. Já é noite, não há lua. Estou refazendo de carro minha peregrinação a Santiago de Compostela.

O vilarejo onde estou, porém, não faz parte do percurso, que passa a uns dezenove quilômetros daqui. Mas eu pretendia visitá-lo, e aqui estou. Há quinhentos anos nasceu neste lugar um homem chamado Francisco. Deve ter brincado muito nos campos em volta do castelo. Provavelmente banhou-se no rio que corre por perto. Filho de pais ricos, deixou a aldeia para completar seus estudos na famosa Universidade Sorbonne, de Paris. Deduzo que foi sua primeira longa viagem.

Era atlético, bonito, inteligente e invejado por todos os alunos — menos por um, vindo da mesma e distante província espanhola, que se chamava Inácio. Inácio dizia: "Francisco, você pensa muito em si mesmo. Por que não dedicar-se a pensar em outras coisas, como em Deus, por exemplo?". Não sei por quê, mas Francisco, o mais belo e mais valente estudante da Sorbonne, deixa-se convencer por Inácio. Eles se juntam a outros alunos e fundam uma sociedade, que é motivo de riso para todos, a ponto de alguém escrever na porta da sala onde se reuniam: "Sociedade de Jesus". Em vez de ficarem ofendidos, adotam o nome. E, a partir daí, Francisco começa uma viagem sem volta.

Ele vai com Inácio a Roma e pede que o papa reconheça a "sociedade". O pontífice aceita encontrar-se com os estudantes e, para estimulá-los, dá sua aprovação. Francisco, que morria de medo de navios e de mar, parte sozinho para o Oriente, imbuído do que considera sua missão. Nos próximos dez anos visita a África, a Índia, Sumatra, as Molucas, o Japão. Aprende novas línguas, visita hospitais, prisões, cidades e vilarejos. Escreve muitas cartas, mas nenhuma — absolutamente nenhuma — faz referência a pontos "turísticos" desses lugares. Comenta apenas a necessidade de levar uma palavra de coragem e esperança aos que são menos favorecidos.

Francisco morre longe do vilarejo onde estou agora tomando meu café e é enterrado em Goa. Numa época em que o mundo era imenso, as distâncias pareciam quase insuperáveis e os povos viviam em guerra, Francisco achou que devia considerá-lo uma aldeia global. Superou seu medo do mar, de navios, de solidão, porque estava consciente de que sua vida tinha um sentido. Não sabia, enquanto caminhava pelo Oriente, que seus passos jamais seriam esquecidos e que tudo o que plantava daria frutos. Fazia isso porque era sua lenda pessoal, a maneira que escolheu de viver sua vida.

Quinhentos anos depois, na cidade de Ahmedabad, na Índia, um professor pede a seus alunos uma biografia sobre ele. Um dos meninos escreve: "Foi um grande arquiteto, porque em todo o Oriente existem escolas que construiu e que levam seu nome".

Antonio Falces, que dirige um desses colégios, conta que viu duas pessoas conversando:

— Francisco era português — diz uma.

— Claro que não. Nasceu e foi enterrado aqui em Goa — responde a outra.

Ambos estão errados e ambos têm razão: Francisco nasceu em um pequeno povoado de Navarra, mas era um homem do mundo e todos o consideravam parte de sua própria gente. Tampouco era arquiteto especializado em construir escolas; mas, como diz um de seus primeiros biógrafos, "era como o sol, que não pode seguir adiante sem espalhar luz e calor por onde passa".

Penso em Francisco: sair daqui, correr o mundo, fazer com que o nome deste pequeno vilarejo seja levado a muitos lugares, a ponto de tanta gente achar que é o seu sobrenome. Enfrentar seus medos, renunciar a tudo em nome de seus sonhos — que isso me inspire e me sirva de exemplo; eu, que estudei em um dos colégios da tal "sociedade de Jesus", ou S. J., ou escolas jesuítas, como são conhecidas.

Estou no povoado de Xavier. Tanto Francisco como Inácio, que veio de outro pequeno povoado, chamado Loyola, foram canonizados no mesmo dia, 12 de março de 1622. Naquela manhã, puseram uma faixa em um dos muros do Vaticano:

"São Francisco Xavier fez muitos milagres. Mas o milagre de Santo Inácio é ainda maior: Francisco Xavier".

LIÇÕES DE UM PEREGRINO

Desde muito jovem descobri que viajar era, para mim, a melhor maneira de aprender. Continuo até hoje com esta alma de peregrino e decidi relatar aqui algumas das lições que aprendi, esperando que possam ser úteis a outros peregrinos como eu.

1. *Evite os museus.* O conselho pode parecer absurdo, mas vamos refletir um pouco: se você está numa cidade estrangeira, não é muito mais interessante ir em busca do presente que do passado? Acontece que as pessoas sentem-se obrigadas a ir a museus porque aprenderam desde pequeninas que viajar é buscar esse tipo de cultura. É claro que museus são importantes, mas exigem tempo e objetividade — você precisa saber o que deseja ver ali, ou vai sair com a impressão de que viu uma porção de coisas fundamentais para a sua vida, mas não se lembra quais são.

2. *Frequente os bares.* É lá, e não nos museus, que a vida da cidade se manifesta. Bares não são discotecas, mas lugares aonde o povo vai, toma algo, pensa na vida e está sempre disposto a bater papo. Compre um jornal e deixe-se ficar contemplando o entra e sai. Se alguém puxar assunto, por mais bobo que seja, engate a conversa: não se pode julgar a beleza de um caminho olhando apenas para sua porta de entrada.

3. *Esteja disponível.* O melhor guia de turismo é alguém que mora no lugar, conhece tudo, tem orgulho de sua cidade, mas não trabalha em uma agência. Saia pelas ruas, escolha a pessoa com quem deseja conversar e peça informações (onde fica tal catedral? Onde estão os Correios?). Se não der resultado, tente outra — garanto que, até o fim do dia, terá encontrado uma excelente companhia.

4. *Procure viajar sozinho ou — se for casado — com seu cônjuge.* Vai dar mais trabalho, ninguém vai estar cuidando de você, mas só desta forma poderá realmente sair do seu país. As viagens em grupo são uma maneira disfarçada de estar numa terra estrangeira, mas falando a sua língua natal, obedecendo ao chefe do rebanho e preocupando-se mais com as fofocas do grupo que com o lugar que está visitando.

5. *Não faça comparações.* Não compare nada — nem preços, nem limpeza, nem qualidade de vida, nem meios de transporte, nada! Você não está viajando para provar que vive melhor que os outros. Sua procura, na verdade, é saber como os outros vivem, o que podem ensinar, como enfrentam a realidade, e descobrir o extraordinário da vida.

6. *Entenda que todo mundo o entende.* Mesmo que não fale a língua local, não tenha medo: já estive em muitos lugares onde não havia maneira de me comunicar através de palavras e terminei sempre encontrando apoio,

orientação, sugestões importantes e até mesmo namoradas. Algumas pessoas acham que, se viajarem sozinhas, vão sair na rua e se perder para sempre. Basta ter o cartão do hotel no bolso e, numa situação extrema, tomar um táxi e mostrá-lo ao motorista.

7. *Não compre muito.* Gaste seu dinheiro com coisas que não vai precisar carregar: boas peças de teatro, restaurantes, passeios. Hoje em dia, com o mercado global e a internet, você pode ter tudo sem precisar pagar excesso de peso.

8. *Não tente ver o mundo em um mês.* Mais vale ficar numa cidade quatro a cinco dias que visitar cinco cidades em uma semana. Uma cidade é uma mulher caprichosa — precisa de tempo para ser seduzida e mostrar-se completamente.

9. *Uma viagem é uma aventura.* Henry Miller dizia que é muito mais importante descobrir uma igreja de que ninguém ouviu falar que ir a Roma e sentir-se obrigado a visitar a Capela Sistina, com duzentos mil turistas gritando nos seus ouvidos. Vá à Capela Sistina, mas deixe-se perder pelas ruas, andar pelos becos, sentir a liberdade de estar procurando algo que não sabe o que é, mas que — com toda a certeza — irá encontrar e mudará sua vida.

TIPOGRAFIA Adriane por Marconi Lima
DIAGRAMAÇÃO Osmane Garcia Filho
PAPEL Pólen, Suzano S.A.
IMPRESSÃO Geográfica, julho de 2024

A marca FSC® é a garantia de que a madeira utilizada na fabricação do papel deste livro provém de florestas que foram gerenciadas de maneira ambientalmente correta, socialmente justa e economicamente viável, além de outras fontes de origem controlada.